D E A R + N O V E L

明日、恋におちるはず

久我有加
Arika KUGA

新書館ディアプラス文庫

S H I N S H O K A N

明日、恋におちるはず

目次

イラストレーション／一之瀬綾子

明日、恋におちるはず

集合！　という主将のかけ声に従《したが》って、小田切夏海《おだぎりなつみ》は道場の中央へ駆け寄った。

ついさっきまで行っていた乱取《らんどり》のせいで、体中汗みずくだ。

主将を前にして正座すると、ツンと道衣《どうぎ》の背中をつつかれた。後ろに正座しているのは同じクラスの殿村《とのむら》である。

「おい小田切、あいつまた来とるぞ」

「あ、ほんまや。練習ある日は絶対来よるな」

応じたのは別の部員だ。

「あいつも柔道部入ったらええのに。なあ小田切」

同じ中学出身の関本《せきもと》も声をかけてくる。

しかし夏海は黙っていた。眉間《みけん》には深い皺《しわ》が刻まれている。全身から発しているのは、不機嫌です！　というオーラだ。実際、夏海は超がつくほど不機嫌である。

まだ十五年しか生きてへんのに、ここ五年ぐらいの俺の人生、不機嫌やない時間の方が圧倒的に少ないような気ぃする。

だいたい、苛立《いらだ》っているか怒っているか、むかついているかだ。

「どうせやったらうちのマネージャーになったらええのになあ。カワイイ女子に越したことはないけど、まあこの際贅沢《ぜいたく》は言わん」

「確かにあいつぐらいマメやったら、俺らラクできそうやな」

「アホ、あいつがマメなんは小田切に対してだけや。マネージャーになんかなるわけないやろ」

「あー、なるほど確かに」

話をふっておきながら、当の夏海を置いてどんどん話を進める部員たちに、コラ！　と主将の叱責《しっせき》が飛んだ。

「そこ！　静かにせえ」

慌てて口を噤《つぐ》んだ部員たちを横目でにらんでから、夏海は開け放たれた出入口にちらりと視線を投げた。数分前からそこにいて、片時も目を離さずにこちらを見つめ続けている男と目が合う。

ニッコリ！

そんな感嘆符つきの擬音《ぎおん》が相応《ふさわ》しい満面の笑みを向けられて、夏海はこめかみの辺りがブツ、と音をたてたような気がした。

主将の黙想《もくそう》、という言葉に目を閉じつつ、心の内で毒づく。

あれほど来るなて言うたのに。何べんもかまうな言うてんのに。

「そしたら今日の当番はちゃんと掃除して帰れよ。お疲れさまでした！」

主将の後に続いて、お疲れさまでした！　と続ける。場内に向かって一礼をした二年生と三年生が、次々に道場を出ていく。

出入口に立っていた男はおとなしく脇へ退《ど》き、道を譲った。先輩たちは皆、おもしろそうに彼に声をかける。男の方はにこやかに応じる。

高校に入学してから二ヵ月半。それは既に見慣れた光景になりつつあった。また、最後の上級生が出ていくと同時に、長身の男が一目散《いちもくさん》に夏海のもとへ駆け寄ってくるのも、当たり前になりつつある。夏海にとってはどちらも、不愉快極まりない光景だ。

「なっちゃん、お疲れさま！」

脇目もふらずに夏海に向かって走ってきた男は、低く響く声で言った。そして、はいっと真っ白なタオルを差し出す。

「おい、俺にはないんか？」

夏海の横にいたがっちりとした体格の関本が、からかうように尋ねた。自分とほぼ同じ目線の彼に、男はニッコリと笑う。

「僕はなっちゃん専用人間やから、なっちゃんの分しか持ってへんねん」

言い終えたときにはもう、男は関本ではなく夏海を見つめていた。

彼のこうした反応を部員たちがはやしたりからかったりしたのは、最初の一ヵ月だけだ。今はもう誰も騒いだりしない。相手がかわいい女子生徒なら嫉妬の嵐が吹き荒れるのだろうが、長身の男ではそれもない。ああ、そう、やっぱりね、と納得した空気が流れるだけである。

夏海は目の前のタオルを受け取らないまま、じろりと男の顔をにらみ上げた。

端整、という言葉が相応しいきれいな顔だ。だからといって女性的なわけではなく、切れ長の双眸《そうぼう》や通った鼻筋、シャープな顎《あご》のラインは男らしい線の強さを感じさせる。シンプルなデザインの眼鏡が彼の顔立ちをただ美しいだけではなく、知的に見せていた。加えて百八十センチ近い長身で肩幅もある。

対する夏海はというと、縦も横も不足している。中学時代から柔道部に所属して体を鍛《きた》えているというのに、まだまだ華奢《きゃしゃ》で小柄だ。顔の造作《ぞうさく》もカッコイイというよりカワイイと言われることの方が多い。黒目がちの丸い双眸と他の歯より幾分か大きめの前歯のせいか、リスやハムスターに似ているとよく言われる。

まず、この見た目の差があかんのや。

俺の見た目が子供っぽいから、コイツはいつまでもいつまでも俺についてまわりよるんや。

「見つめてくれるんは嬉しいけど、なっちゃん汗だくやで。早《は》よ拭《ふ》かんと風邪ひいてまう」

母親が幼い子供にしてやるように、男は夏海の額をタオルで拭《ぬぐ》う。身長差が十センチ以上あるせいでよけきれなかったタオルをはっしとつかみ、夏海は不機嫌を隠さずに言い放った。

「見つめてへんわい。にらんどるんじゃ。昨日も来んなて言うたやろ。何べん言うたらわかんねん」

「えー、けどそしたらなっちゃんのタオルは誰が持ってくるん？」

整った眉がきゅっと心配そうに寄る。そんな表情をしても、この男のハンサム度は落ちない。たとえ両手を胸の前で組んだ乙女なポーズをしていようとも、あくまでも二枚目なのである。

そこがまた腹が立つ。

「タオルぐらい自分で持ってくる。ちゅうかもう持ってきとるわ」

言い返した自分の声が男より高いことも、夏海は気にくわない。せめてもう少し渋い声だったら、子供扱いされずに済むのに。

「タオルはええとしても、柔道部にマネージャーおらんのに、なっちゃんの好きな冷えたスポーツドリンクは誰が持ってくるねん」

明らかに論点がずれたことを言われて、夏海は我慢できずに怒鳴った。

「誰も持ってこんでええねん！　見てみい！　誰も飲んでへんやろ！」

男はぐるりと周囲を見まわした。この男はこういうどうでもいいことに限っては実に素直で、夏海の言うことをちゃんときくのだ。

掃除当番に当たっている者は、既に拭き掃除を始めている。他の一年生部員たちは、先輩たちが部室から出るまでひとまず休憩とばかりに壁際に座り込んでいた。彼らの誰一人として、冷えたスポーツドリンクを飲んではいない。

「確かに誰も飲んでへんけど、せやからってなっちゃんが飲んだらあかんわけやないやろ。汗かいたら水分とらんと体に悪いで。ここ蒸し暑いし、なっちゃんが脱水症状とかになったら思うと、僕はもう心配で心配で」

悪びれるどころか逆に距離をつめて見つめてきた男に、夏海はうう、とうなった。

やりとりを聞いていた壁際の部員たちが一斉に、ワハハ、と笑う。

「あーもう小田切、ええから飲んどけ飲んどけ」

「そない邪険《じゃけん》にしたったらかわいそうやろ」

自分と同じ高校一年だというのに、ごつい『オッサン』の雰囲気を漂《ただよ》わせている殿村と関本に、夏海はかみついた。

「おまえらまでこいつの味方すんなー!」

こうして声を限りに怒鳴ることまで当たり前の光景になってしまっているところが、実に不愉快だ。なっちゃん、そない大きい声出したら余計喉《のど》かわいたやろ、とすかさずスポーツドリンクが差し出される現実が、いっそ憎い。

夏海はギリギリと奥歯をかみしめた。

くそう。こんなんは中学で終わらせるはずやったのに……。

最近の夏海の不機嫌の原因は全て、この自称『なっちゃん専用人間』、深津《ふかつ》創吾《そうご》にあるのだ。


夏海と創吾の家は、三軒挟んだ隣に位置している。付近一帯はいわゆる新興住宅地で、同じ年代の子供たちもたくさんいたけれど、家が一番近かったのは創吾だった。必然的に、幼い夏海は彼と一緒に遊ぶことが多かった。

しかも『そうちゃん』の家は共働きだった。普段は保育園に通っていたが、休みの日は夏海の家で一日過ごすことも珍しくなかった。創吾が急に熱を出したとき、彼の親の代わりに夏海の母親が病院へ連れていったこともある。

幼い頃の夏海は、もともとが小柄だったこと、そして三月生まれだったこともあり、同じ学年の子供たちより小さかった。対する創吾は四月生まれで、生まれつき大柄だった。大きくなってからの一年差ぐらいならどうということはないが、幼い頃の一年は大きい。

そんなわけで、学校へ行けば同じ学年として扱われるにもかかわらず、夏海は創吾をひとつ年上のお兄さんだと認識していた。また、創吾の方も、なっちゃんなっちゃんと夏海をかわいがり、よく面倒をみてくれた。

その関係に拍車《はくしゃ》をかけたのが、夏海の母の死だ。

夏海が四歳になったばかりの春、母が交通事故で亡くなった。幼稚園に通い始めた夏海を迎えに行く途中で、トラックの事故に巻き込まれたのだ。

母方の祖父母は既に他界しており、遠く離れた田舎に住む父方の祖父母は内孫の世話で忙しかった。だから夏海と父は父子家庭として二人きりでやっていくしかなかった。

通い始めたばかりだった幼稚園をやめ、創吾と同じ終日保育の園に通うことになったものの、夏海は毎日泣いてばかりいた。保母も事情が事情なので叱るわけにもいかず、かといってへたに慰《なぐさ》めることもできず、持て余したらしい。

そんな夏海に付きっきりでいてくれたのが、創吾だった。夏海が不安にならないように、いつもきゅっと手を握っていてくれたことを覚えている。

ちょうどその頃、創吾の家と夏海の家の斜め向かい側の家に、新しい家族が引っ越してきた。とはいっても大学生の一人息子は遠方に下宿していて、実質的には中年の夫婦だけで暮らしている家庭だったから、二人には直接関わりがないように思われた。

しかしその家には、夏海にとっても創吾にとっても興味をひかれる生き物がいた。

子犬である。

夏海も創吾も犬はおろか、生き物を飼ったことがなかった。それに近所にも犬を飼っている家はなかったから、小さな犬はとても珍しかった。

園が休みの日曜日に、なっちゃん、あそこのおうちに犬がおるで、と創吾が誘いに来た。二人で手をつないで見に行くと、小さな黒い塊《かたまり》が柵《さく》越しに駆け寄ってきた。子犬は昼間、庭で放し飼いにされていたのだ。

洗濯ものを干していたおばさんに、見せてもろてええですか、と創吾が尋ねると、ええよ、入っといで、と簡単に許可が下りた。その日も朝からお母さんに会いたいと泣いていた夏海は、まだグズグズと鼻をならしていたから、ひょっとすると彼女は同情してくれたのかもしれない。

おばさんが見守る中、しばらく二人と一匹で遊んだ。その後手を洗わせてもらって、クッキーまでご馳走《ちそう》になった。そこで子犬がオスで、名前がクッキーだということを聞いた。

礼を言って二人で帰途《きと》につく頃には、夏海はすっかり元気になっていた。

楽しかった？　と創吾に聞かれて、うん、と大きく頷いた。

ボクも犬ほしいなあ、クッキーみたいのがずっと側《そば》におってくれたらええなあ。

そう言うと、創吾はなぜかピタリと立ち止まった。そしてつないでいた手にぎゅっと力を込め、夏海を覗き込んできた。

なっちゃん、クッキーやのうてボクではあかん？　ボクが側におったらあかん？

生真面目《きまじめ》な問いかけに、夏海は一瞬、きょとんとしたものの、すぐに首を横に振った。当時の夏海は何くれとなく世話を焼いてくれる創吾が大好きだったから、彼が側にいてくれるのなら嬉しいと素直に思ったのだ。

だから、そうちゃんでもええよ、と頷いた。そして嬉しいという気持ちのままに、ニッコリ笑った。

今から考えると、「でもええ」とは随分な言いぐさである。近所の子犬、それもほんの三十分ほど遊んだだけのクッキーと創吾を同列に扱った物言いだ。

しかし当の創吾は少しも気にしなかったらしい。

さも嬉しそうに、パッと顔を輝かせた。

そしたらボク、ずっとなっちゃんの側におるな。

せやからって、こないにずっと一緒におらんでええっちゅうねん。

通学路になっている商店街を歩きつつ、夏海はちらりと隣を見上げた。すかさず嬉しそうな笑みが返ってくる。すれ違う買い物帰りの主婦や、下校途中らしき他校の女子生徒の熱い視線など、全く眼中にないらしい。眼鏡《めがね》の奥の切れ長の目は、夏海だけを見つめている。

何とかして創吾を振り切ろうと、着替えると同時に全力疾走《しっそう》で部室を飛び出したものの、数メートルもいかないうちに追いつかれてしまったのだ。

十センチ以上高い位置から降《ふ》り注《そそ》ぐ満面の笑みに、夏海はムッと眉を寄せた。

「創吾。おまえもうほんまに部活来んな」

俺は怒ってるんやぞ、というオーラを全身から発しつつ言うと、創吾はパチパチと瞬《まばた》きをした。

「何で？　僕、なっちゃんの迷惑になるようなことした？」

不思議そうな問いかけに、我知らずため息が漏《も》れる。

「思いっ切り迷惑だらけやっちゅうの。だいたい、今日はおまえも部活ある日やろ。さぼったんか？」

「さぼってへんよ。夏休みに料理のコンテストがあって、それに参加するかせんかの話し合いだけやったから、早よ終わったんや」

上背《うわぜい》も運動神経も並み以上に備わっているのに、創吾が所属しているのは料理部だ。中学では夏海と同じ柔道部に所属していた彼が、高校で料理部に入った理由は、なっちゃんにもっと美味《おい》しい料理を作ったげたいから、だった。

そしたらボク、ずっとなっちゃんの側におるな。

そう宣言した翌日から、何を思ったのか、創吾は料理を作り始めた。最初は目玉焼きやウィンナーを炒めただけのもの等、簡単なものしか作れなかったけれど、次第に様々な料理を会得《えとく》していったのだ。小学校へあがる頃には、当時来てくれていたハウスキーパーが休む土日になると、決まって創吾が夏海の夕食を作ってくれるようになった。見た目や味だけでなく、栄養のバランスまでしっかり考えられたメニューばかりだった。

本当のところ、夏海は創吾に感謝している。食事のことだけではない。寂しいときには必ず側にいてくれた。母が恋しくて泣きたくなったとき、優しく頭を撫《な》でてくれた。幼かった自分が母の死を乗り越えられたのは、小さな弟を世話する面倒見の良い兄のように接してくれた創吾のおかげだと思う。

しかし、夏海は『小さな弟』ではない。

確かに生まれた月は一年ほど差がある。高校一年になった今でも創吾より華奢で小柄だ。が、創吾と同じ学年の男なのである。

創吾は何でかわからんけど、そこんとこが全然わかってへんのや。

なっちゃん、という幼い頃から変わらない呼び方に、創吾の自分に対する認識が表れているような気がする。

「早よ終わったんやったら先帰ったらええやろ。何で俺を待つんや」

殊更《ことさら》ぶっきらぼうに言うと、創吾は悲しそうに眉を寄せた。

「何でって、先帰ったらなっちゃんと一緒に帰れへんやん。あ、ひょっとしてなっちゃん、今日の弁当にニンジンが入ってたから怒ってるん？　味つけ濃いめにしたから大丈夫や思《おも》たんやけど、食べられんかった？」

見当はずれのことを尋ねてくる創吾に、夏海はうう、とうなった。

そう、創吾は毎日、夏海の弁当を作っているのだ。

中学の頃も時折弁当を作ってくれたが、毎日ではなかった。毎日作ってくるようになったのは高校に入ってからだ。何度も口を酸《す》っぱくして作らなくていいと言っているのに、遠慮せんでええから、と欠かさず作ってくる。せっかく作ってきてくれたものを邪険にするわけにもいかず、高校入学以来、夏海は創吾の手作り弁当を食べ続けているのだ。

「今度からニンジンの味がわからんようにもっと工夫するな。けどなっちゃん、何べんも言うけど、ニンジンは食べた方がええんやで」

「……創吾」

諭《さと》すように言う創吾を、ため息まじりに呼ぶ。

ニンジンが食べられなかったのは、小学校の低学年までの話だ。今は好物とはいえないまでも、抵抗なく食べられる。

「何？」

こちらも幼い頃から全く変わらない優しい問いかけに、夏海は再びため息を落とした。

何でこいつはこうなんやろう。

バカにされているのではないかと疑ったこともあるが、どうやらそういうわけではないらしいのだ。悪意が全くないのは、側にいればわかる。

だからこそ、撃退のしようがない。へたをすると、こちらが悪者になってしまう。

「……あーもう、何でもない。ちゅうかおまえ、もうちょっと離れて歩け」

半袖から伸びた腕が触れ合うほど近付かれて、夏海は歩きながら距離をあけた。しかし創吾はすぐに近付いてくる。

「何で？　ええやんかこれぐらい。ほんまは手ぇつないで歩きたいぐらいやのに」

「手っておまえなあ！　そんなんせんでも俺はちゃんと歩ける！」

怒鳴った夏海に、通りすがりの女子高生二人がクスクスと笑う。ほとんど毎日創吾と一緒にこの通りを歩いているため、長身のハンサム男と、彼を怒鳴りつける小柄な男の二人づれは有名になっているようだ。ほら、あのコら、と指さす者までいる。

これが逆だったらどうか。

もし創吾が夏海を怒鳴っていたら、間違いなくいじめか恐喝《きょうかつ》だと思われるだろう。笑われるのは、怒鳴っている夏海が創吾より小さくて華奢だからだ。

客観的に見ても、俺は弱そうで頼りなさそうなんや。

その事実にまた不愉快になる。

「いつまでもガキ扱いすんなて、何べんも言うてるやろ」

言い捨てると、創吾はきょとんとして首を横に振った。

「ガキ扱いなんかしてへん。僕がつなぎたいだけや」

「つなぎたいて、幼稚園のガキやないんやぞ。くだらんこと言うな」

「くだらんことないよ。大事なことやで、手をつなぐゆうんは」

夏海の不愉快などどこ吹く風、創吾は力説《りきせつ》する。見下ろしてくる漆黒《しっこく》の双眸は真剣そのものだ。

「なっちゃんがめっちゃ近くにおる感じがするやろ」

「おまえ……、今でも充分近くにおりすぎるぐらいおるやろが」

朝は毎日迎えに来るし、昼休みになると自作の弁当持参で教室にやってくる。下校も一緒だ。休みの日は休みの日で、何かと理由をつけてはいそいそと夕食を作りにくる。一緒にいないのは授業中と平日の帰宅後の時間ぐらいだ。

まだ足りんのか、と思いつつ見上げると、創吾は深いため息を落とした。

「全然充分やない。やってなっちゃんと別のクラスなんやもん。体育んときしか一緒におれんなんて、僕は辛《つら》い。寂しい」

端整な面立《おもだ》ちが本当に辛そうに歪《ゆが》む。初めてこの顔を見る者がいたら、人生を左右するような深刻な悩みがあるに違いない、と断定しそうな悲痛な顔だ。

実際はアホみたいな悩みやけどな……。

我知らずため息を落とした夏海に、創吾はなぜかさも嬉しそうに笑った。

「あ、やっぱりなっちゃんも一緒におれんで寂しいんや」

「んなわけあるか！ どこをどう解釈したらそんな結論が出るねん！」

思わず怒鳴ると、今度は買い物帰りの三十代とおぼしき主婦にクスクスと笑われた。


家まで送ると言う創吾を半《なか》ば本気で殴って押《お》し止《とど》め、夏海は四軒先の自宅へと向かった。本当は頭を叩いてやりたかったけれど、身長差が十センチ以上あるため、肩を殴るのが精一杯だ。

せめてあと五センチ背が高かったら、と考えても仕方がないことを考えながら歩き出すと、ワン！　と吠えられた。

向かい側にある植野《うえの》家の門から、黒い犬が鼻先を覗《のぞ》かせている。

「ただいま、クッキー」

歩み寄って頭を撫でてやると、クッキーは嬉しそうに尻尾《しっぽ》を振った。初めて見たときは小さな子犬だった彼も、今では立派な成犬だ。雑種だと聞いているが、外見はラブラドールレトリバーに似ている。

しゃがみ込んで顔や喉も撫でてやると、ワフワフとじゃれついてきた。

「おまえもこないに大きいなってんから、俺も大きいなって当然やんなあ。おまえかて、子犬扱いされたら嫌やろ？」

問うと、クッキーはワン、と応えた。同意してもらえたような気がして、夏海はよしよしと更にクッキーを撫でてやった。

創吾の『弟扱い』に抵抗を感じるようになったのは、小学校へ入学してしばらく経《た》ってからのことだ。

このままではあかん。子供扱いされるんは嫌や。

対等な、普通の友人同士になりたいと考えた夏海は、何かにつけて創吾に頼る自分自身を反省し、自分のことは自分で解決するように努力した。中学で柔道部に入ったのも、心身を鍛えて強くなろうと思ったからだ。当然のように創吾も柔道部に入ってきて、あっさり初段までとってしまったのは計算外だったが。ちなみに夏海はいまだに初段をとれないままである。そのことがまた、創吾に対してむかつく原因のひとつになっている。

とはいえ、柔道の強い弱いはフィジカルなことだ。もともと体格に差があるのだから、創吾より自分の方が身体的に劣《おと》るのは仕方がない。

とにかく精神的に自立せなあかん、と夏海は考えた。

そうすれば、いつかは同じ学年の友達同士に相応しい対等な関係になれると信じていた。実際、本当に少しずつではあるが、対等な関係になってきたような気がしていたのだ。

それやのに、高校入ってから何でか逆戻ってしもて……。

そもそも、夏海は創吾と同じ高校へ進学することになるなんて欠片《かけら》も考えていなかった。塾へ行っているわけでもないのに、創吾は全国的に有名な名門校に入れるほどの秀才だったのだ。片や夏海の成績は中の中。良くて中の上だった。だから当然、別々の高校へ進学するものと思っていた。

「創吾ん家《ち》のオッチャンとオバチャンは全然気にしてはらへんみたいやけど、俺、中学のセンセに散々嫌味言われてんで。創吾がええガッコに行かんかったんは、俺がいつまでも創吾に甘えてるからやて言いよるんや。ええ加減深津離れせえとまで言いやがって。離れへんのは創吾の方やっちゅうの」

請《こ》われるままにクッキーを撫でてやりながら、夏海はぶつぶつとこぼした。はあ、と自然にため息が漏れる。教師の説得を馬の耳に念仏《ねんぶつ》とばかりに聞き流し、創吾は数ランク下の夏海の志望校を受験したのだ。

　確かに創吾は受験の前から、僕もなっちゃんと同じ高校行くからな、と言っていた。しかし、ことは将来を左右する進路の選択である。名門高校を蹴《け》って、ごく普通の公立高校を本気で選ぶなんて、誰が想像するだろう。

　てっきり冗談だと思い込んで創吾の言葉を適当に流していた夏海は、受験会場へ向かうバスにちゃっかり乗り込んできた長身の幼なじみと鉢合わせて仰天《ぎょうてん》した。その場で、何考えとんじゃおまえはー！　と爆発したことは言うまでもない。

　前からなっちゃんと一緒のとこ行くて言うてたやん。高校も一緒に通おな。

　あくまでも二枚目の顔で、ニッコリ！　と笑った創吾を思い出し、夏海は再びため息を落とした。

「……なあクッキー、俺は最近あいつをストーカーとして訴《うった》えてもええような気がしてんねんけど、どない思う？　あ、でもあいつの作った弁当を毎日食うてるようではあかんよな」

　さあ、どうやろなあ、とでもいうように、くうん、とクッキーが鳴いたとき、あら夏海クン、と背後から声がかかった。

　慌てて振り向くと、クッキーの飼い主である植野家の主婦が立っていた。幼かった夏海と創吾に犬のクッキーと遊ぶ許可をくれ、お菓子のクッキーをご馳走してくれた人物である。

「こんばんは」

立ち上がってペコリと頭を下げると、こんばんは、と明るい挨拶《あいさつ》が返ってきた。

「こないだはクッキーを散歩に連れてってくれてありがとうね。ほんまに助かったわ。創吾クンにもお礼言うといてね」

十日ほど前、やはり帰宅途中でクッキーをかまっていると、散歩を頼まれた。庭の手入れをしているときに足首を捻挫《ねんざ》してしまったらしい。彼女の夫は出張中でいないという。

他でもない、幼い頃からなじみのクッキーのことだ。快《こころよ》く散歩役を引き受けた夏海は、約束した朝六時半きっかりに植野家を訪ねた。すると、なぜか当然のような顔をして、創吾が植野家の玄関口にいた。

いったいいつ、夏海がクッキーを散歩に連れていくと知ったのか。いまだに謎である。俺の体のどっかに発信機でもついとんのやろか、と真剣に疑ったぐらいだ。

「足は大丈夫ですか？」

「ええ、もう大丈夫。ちょっと挫《くじ》いただけやったから」

よかった、と笑った夏海に、彼女は微笑《ほほえ》んだ。

「高校生になっても仲良しでええねえ」

「……俺と創吾のことですか？」

夏海が眉を寄せたことに気付かなかったらしく、そうそう、と快活《かいかつ》な答えが返ってくる。

「ちっさいときから兄弟みたいに仲良かったもんねえ。創吾クンが夏海クンの手ぇひいてクッキーに会いに来てくれたん、今でもよう覚えてるわ」

懐かしげに言われて、はは、と夏海はひきつった笑いを返した。彼女の脳裏《のうり》には、ひとまわり大きい創吾に手を引かれた幼い頃の夏海の姿が映っているに違いない。創吾が兄で、夏海が弟といったところか。

まあ、あの頃から体格差はほとんど変わってへんのやけどな。

そう考えただけで、ムカッときた。

ほんまにマジで、めちゃめちゃ迷惑や。


昼食の時間であるにもかかわらず、教室にはかなりの数の生徒がいた。夏海《なつみ》が通う高校には安くて旨《うま》いと評判の食堂があるが、そこを利用するのは主に二年生と三年生だ。上級生に混じって席をとるのは至難《しなん》の業《わざ》なので、弁当を食べるにしろ、購買《こうばい》で買ったパンを食べるにしろ、一年生は教室で昼食をとることになる。

もちろん夏海も例外ではなく、教室で弁当を食べていた。

「今日もめっちゃ旨そうやなあ」

購買で買ったカツサンドをかじっていた殿村《とのむら》が、羨《うらや》ましそうに夏海の弁当を見つめた。

二段になったランチボックスの上の段にはボリュームたっぷりの酢豚《すぶた》が、下の段には黒ごまをふったごはんと花形に切られたゆで卵、そしてプチトマトが入っている。旨くて栄養満点。彩《いろど》りも鮮《あざ》やかな非の打ち所のない弁当だ。しかも味付けは夏海の好みに完璧に合わせてある。

「な、な、一口ちょうだい」

酢豚に伸びてきた殿村の手を容赦《ようしゃ》なく叩き落としたのは創吾《そうご》だった。

「これはなっちゃんの弁当やからダメ」

「えー、ええやん、一口ぐらい」

「ダメ」

にべもなく拒否されて、殿村は唇を尖《とが》らせる。

それを横目で眺めつつ、夏海は仏頂面《ぶっちょうづら》で弁当を口に運んだ。

隣のクラスの男子生徒が手作り弁当持参でやってきて、男子生徒にそれを手渡し、自《みず》からもその男子生徒と一緒に昼食をとる。

これもまた既に日常の風景になりつつあり、誰も疑問に思わない。

入学した当初、夏海は四時間目が終了すると同時に教室を出て、創吾から逃げていた。しかしなぜか、どこにいても必ず見つけ出されてしまうのだ。それも数分も経《た》たないうちに。

やっぱり発信機がついてるんかもしれん。

そんなことを真剣に考えていると、なっちゃん、と呼ばれた。酢豚を咀嚼《そしゃく》しつつ、ちらりと創吾を見遣《みや》る。

「美味《おい》しい？」

ニコニコと笑いながら問われて、夏海は渋々頷いた。

「……旨い」

実際、旨いのだから仕方がない。

それに父子家庭で育った夏海は、毎日料理を作ることの大変さをよく知っている。これだけの弁当を作るために必要な時間と手間を考えると、嘘でも不味《まず》いと言うことなどできない。

「よかった」

さも嬉《うれ》しそうに笑った創吾に、近くの席で弁当を食べていた女子生徒二人がクスクスと笑う。何、という風に二人を見ると、こちらに身を乗り出してきた。

「深津《ふかつ》君、毎回同じこと聞くよなあ。そんで小田切《おだぎり》君も毎回同じこと答えてる」

「ついでに殿村君も毎回同じこと言うて、毎回深津君に叩かれてるよな」

「俺はついでなんか……」

少なからずショックを受けた様子の殿村に、二人はまた笑った。

「殿村君、今日みたいに購買のパン食べてる日だけやのうて、お弁当持ってきてる日もめっちゃ羨ましそーに小田切君のお弁当見てるやろ」

「お弁当作ってくれてるうちの人に失礼やで」

その通りやな、と夏海は頷いた。

「創吾の弁当のことばっかり言うけど、おまえの弁当かて、栄養のことをちゃんと考えたおかずばっかりやないか」

栄養が問題なんやない！　と殿村は机を叩く。

「見た目が問題なんや！　オカンの弁当より深津の弁当のがめちゃめちゃ旨そうやねん。色がキレーで手がこんでてボリュームもしっかりあって、何やこう、毎日が遠足！　て感じ？」

「どんだけ毎日遠足でも、作ってんのは創吾やぞ」

サラリと言った夏海に、殿村はうっと言葉につまった。涼しい顔で自作の弁当を口に運んでいる創吾を見遣る。どこからどう見ても長身の二枚目男にしか見えないその姿に、殿村は広い肩を落とした。

「問題はそこやねんなあ。こういう弁当作ってくれるカワイイカノジョがほしい……」

つぶやいた殿村に、ぶーぶーと女子生徒たちからブーイングが飛んだ。

「何でカノジョが弁当作らなあかんねん」

「美味しいお弁当作ってカノジョに食べさせたげよう、てゆう発想はないんか？　深津君を見習えー」

またしてもうっと言葉につまった殿村に、夏海は思わず笑った。つられるように笑った創吾が淡々と言う。

「殿村の負けやな」

「あ、何やねん深津。小田切も笑うな。そしたら毎日深津に弁当作ってもうてる小田切はどないやねん」

自分一人が非難されてはたまらないとばかりに、殿村は夏海を指さした。

女子生徒たちは互いに顔を見合わせる。

「小田切君は、そのまんまでええような気ぃするな」

「何でやねん」

「ナニゲにオトコマエやから」

「はあ？　俺のが男らしいやろ。見てみいこのたくましいカラダを」

むきになる殿村に、二人はわざとらしくため息を落とした。

「外見は関係ない。中身のことや。こないだ日直で山ほどプリント持たされてよろよろしてたとき、手伝《てつど》うてくれたりとかな。恩着せがましい感じやのうて、ナニゲに貸せ、とか言うてほとんど持ってくれて」

「その話聞いて、外見カワイイけど中身はオトコマエやなーて感動してん。今日日《きょうび》、そんな簡単な気配りもできん男多いから」

うんうん、と頷き合う。

そういやそんなことあったな、と思い出していると、殿村だけではなく創吾にもじろりとにらまれた。

「なっちゃん」

「小田切」

無言の圧力を受けて、夏海は眉を寄せる。

「何やねん。重そうにしとったら持つやろ普通」

ぶっきらぼうに言うと、キャー、と女子生徒たちは黄色い声をあげた。

「な、オトコマエやろ。あ、でも深津君は別にオトコマエにならんでもええから」

何でやねん！　とツッこんだのは殿村だ。当の創吾はまだ不満げに夏海を見つめている。

「せやかて深津君はお弁当作ったり迎えに行ったりして、小田切君に尽くしてるやん」

「尽くすかオトコマエか、どっちかやな」

ヒイキやヒイキやと地団駄《じだんだ》を踏む殿村を尻目に、女子生徒の一人が興味深そうに創吾を見る。

「深津君て料理部なんやろ。お菓子とかも作れる？」

問われて、創吾は我に返ったようにゆっくり瞬《まばた》きをした。そしてようやく夏海から視線をはずし、首を横に振る。

「いや。基本的に、菓子は作らへんねん。おかずになる料理やったら得意やねんけど」

「そっかー、残念。甥《おい》っ子にせがまれて何か作ったるて約束してんけど、わたしお菓子作った

ことないねん。簡単にできるやつがあったら教えてもらおう思《おも》たのになあ」

やりとりを聞きながら、そういや創吾、菓子は全然作らへんな、と夏海は思う。

確か一度だけ、アップルパイを焼いてくれたことがあった。五歳ぐらいのときだったと思う。けれどそのパイは失敗作だった。きれいな狐《きつね》色に焼けていて見た目はまずまずだったが、パイ生地が固まってしまっており、とても食べられたものではなかったのだ。

アップルパイは、母が最後に作ってくれたおやつだった。それまで手作りの菓子を作ったことがなかった母が、むしの知らせか、事故の前日に焼いてくれたのである。

硬《かた》くて食べられないパイを目の前にして母のことを思い出した夏海は、派手に泣いてしまった。それ以来、創吾は一度も菓子類を作っていない。

「なっちゃん」

呼ばれて、夏海はプチトマトを口に放り込みながら目線だけを創吾に向けた。すると、真剣な表情を浮かべた端整な顔が見返してくる。

「僕、なっちゃんに謝りたいことがあんねん」

改まった口調に、夏海は眉を寄せた。

ひょっとして、今まで散々《さんざん》つきまとったことを謝りたいのだろうか？

まさかな、と思いつつも尋ねる。

「謝りたいことて何や」

「うん。今日僕、なっちゃんと一緒に帰れへんねん。ごめんな」

何や、それだけのことか。

夏海はため息を落とした。それを自分の都合のいいように解釈したらしく、創吾は慌てたように夏海を覗《のぞ》き込《こ》んでくる。

「あ、やっぱり一人は寂しい？」

「んなわけあるか」

「隠さんでもええよ。安心して、明日はちゃんと一緒に帰るから」

「人の話を聞け！」

結局ルックスのええ男の勝ちなんか、などと見当違いの結論に達していた殿村が、ひひ、とさもおかしそうに笑う。女子生徒二人も笑いをかみ殺しているようだ。

聞いている分には漫才のボケとツッコミのようでおもしろいのかもしれないが、話が通じないこちらはたまったものではない。

「で、何の用事や。部活か？」

そう尋ねたのは、深い意味があったわけではない。会話の流れのようなものだ。

しかし返ってきた創吾の返事は、その流れを断ち切るものだった。

「えーと、秘密」

「は？」

思わず眉を寄せると、創吾は珍しく視線をそらした。機嫌を窺《うかが》うように、ちらりと夏海を見たかと思うと、またそらしてしまう。

「今は、まだ秘密やねん」

歯切れの悪い口調で言われて、夏海はわずかに怯《ひる》んだ。普段はこちらが聞いていないことまで話したがる創吾が、こんな言い方をするのは珍しい。

……まあ、別に秘密でも何でもええけど。

創吾が離れてくれるというのなら、理由は何でもかまわない。

「なあなっちゃん、今日も部活あるやろ。僕がおらんでも寂しいならんようにしとくし、楽しみにしててな」

気を取り直したように爽《さわ》やかな口調で言う創吾を、夏海はじろりとにらみつけた。

「おまえ、また妙なこと考えてるんやないやろな」

「妙なことなんか考えてへんよ。僕が考えてるんはなっちゃんのことだけやから」

「それが妙やて言うてんねん！」

またしてもクスクスと笑う気配が伝わってきて、夏海は唇をへの字に曲げた。

「深津の奴、ほんまに来《こ》んかったなあ」

殿村のつぶやきに、関本《せきもと》が頷く。

「俺は来ん言うてても、絶対来る思てたけどな」

「俺も俺も。あの深津が小田切放っとくて、どんな秘密があるんやろ」

別に放っとかれたわけやない。これが普通なんや。

そう思ったけれど、夏海は黙っていた。

正直、夏海自身も、どうせ来るやろと思っていたのだ。

放課後、練習を終えて部室へ向かう道すがらに、いつもなら夏海の側《そば》にぴったりくっついている創吾の姿はない。夏を感じさせる西日を受けて歩いているのは、柔道部の一年生だけだ。

練習が終わる時間が迫《せま》っても一向に姿を現さない創吾に、同級生だけでなく上級生からも、深津はどないした、と尋ねられた。が、夏海に答えられるはずもない。

何しろ、秘密、なのだ。

あいつがどこで何してるかなんて、全然、全く、欠片《かけら》も知りたないけど。何やこう、微妙にムカつく。

「なあ小田切。結局、寂しいならんようにしとくて何のことやったんやろな。今んとこ何もないよな」

「俺が知るわけないやろ」

殿村の問いかけに答えた自分の物言いが必要以上に不機嫌に聞こえて、夏海は顔をしかめた。ちょうど部室から出てきた上級生に、お疲れーす、と頭を下げて入れ違いに中へ入る。

中学のときとは違って、この高校の柔道部は上下関係も練習内容もそれほど厳しくない。だからこそ、創吾がちょろちょろと顔を出しても誰も文句を言わないのだ。

てゆうか逆におもしろがられてるし……。

せっかく創吾がいないというのに、なぜか浮かない気分でロッカーを乱暴に開ける。すると、ヒラリ、と一枚の紙が床の上に落ちた。ロッカーのドアに挟《はさ》んであったらしい。

「?」

首を傾げつつ、夏海はそれを拾いあげた。

「どないした、小田切」

「何か挟んでて……」

二つ折りにされていた便箋《びんせん》を開く。そこには、水性ボールペンで書かれた流麗《りゅうれい》な文字が並んでいた。

「なっちゃんへ。今日は一緒に帰れなくてごめんなさい。明日のお弁当はなっちゃんの好きな鮭《さけ》ちらしにするので、楽しみにしててね。車に気を付けて帰ってください。寄り道したらあかんよ。創吾」

見事な棒読《ぼうよ》み、かつ野太い声で関本が読み終えた途端、部室全体が爆笑に包まれた。

夏海はというと、カッと赤面した。あきれなのか恥ずかしさなのか怒りなのか、どれとも判別しがたい激情が込み上げてきて、便箋を握りしめた拳《こぶし》が震える。

あ、の、ヤ、ロー！

「お、小田切、これや、これ！　寂しいならんようにて、この手紙のことやで絶対！」

殿村がバシバシと夏海の肩を叩きながら言う。笑うのを堪えているせいか、声が裏返っている。

「練習中は部室鍵かかってるはずやのに、いつのまに挟んだんやろ。俺らが着替えたときにはなかったよな」

「先輩らが着替えてはったときに入ったんとちゃうか？　深津もようやるなあ。おまえはオカンかっちゅうの！」

「つか何で手紙やねん。メールでええのに」

「寄り道したらあかんて小田切、おまえ小学生扱いやないけ」

口々にからかわれて、やかましい！　と夏海は怒鳴った。

「好きでガキ扱いされとるわけやない！　こっちはめちゃめちゃ迷惑しとるんじゃ！」

がー！　と吠えるように叫ぶと、部員たちはまた笑う。

「そら見てたらわかるけど、おまえもあかんやろ。深津の弁当食うたりするから」

「せやかてそれは、食いもんは粗末《そまつ》にしたらあかんし、わざわざ手間かけて作ってきてるもんを邪険《じゃけん》にできんし」

一転、夏海はぼそぼそと言い返した。世話を焼かれて嬉しかったときも、確かにあったのだ。そのことを思うと、どうしても無下にはできない。

「おまえのそういうオトコギっちゅうか優しさが、深津の行動をエスカレートさせてるような気がせんでもないな」

関本の言葉に、一同がうんうんと頷く。痛いところをつかれて、夏海は低くうなった。

中学のときから夏海と創吾を知っている関本は、他の部員たちより冷静に思考が働いているらしい。落ち着いた口調で続ける。

「まあ手紙のことは置いといてやな。深津の奴、今日は何で先に帰ったんや。小田切、おまえほんまに知らんのか?」

むっつりしたまま首を縦に振ると、関本はふうん、と頷いた。制服のシャツの袖に太い腕を通しながら、夏海を見遣る。

「ひょっとしたらあいつ、女にコクられとるんとちゃうか? 中学んときもよう呼び出されてコクられとったし。まあ片っ端から断っとったけど、あのルックスにホレた追っかけみたいな他校の女子もおるて噂やからな」

関本が言い終えると同時に、激しいブーイングが巻き起こった。

「あいつは小田切をかもてるからこそ許される存在なんや!」

「あのルックスで女ひっかけようなんてテキじゃテキ！　男のテキ！」

「料理上手なイケメンなんか、カミが許しても俺が許さん！」

太い声で騒ぐ部員たちを尻目に、夏海はなぜかバクバクと心臓が鳴り出したのを感じた。秘密、と言われたものの、それが女性がらみだとは欠片も考えていなかった自分に気付く。

……や、別に女の子がらみでもええねんけど。

創吾に恋人ができれば好都合だ。女の子と付き合えば、彼女と一緒にすごす時間が多くなることは目に見えている。必然的に、夏海をかまう時間は少なくなるに違いない。

そしたら普通にトモダチできるやんか。

夏海は拳を開き、創吾の手紙を見下ろした。

握りしめていたせいでくしゃくしゃになったそれは、ノートを切り取ったいい加減なメモではなかった。きちんとした便箋だ。ある意味、とても創吾らしいと思う。

「………」

なぜかムカムカしてきて、夏海は乱暴な仕種《しぐさ》で着替え始めた。

手に持っていた手紙は、ロッカーの片隅に押し込んだ。

家に帰ってからも、ムカムカは治まらなかった。風呂に入っても、週に一度、五日分の夕食のメニューがまとめて配送されてくる解凍するだけの料理を食べても、わずかながらに出た宿題をこなしても、一向に落ち着かない。

ったく、何やねんな……。

冷蔵庫からスポーツドリンクを取り出しながら、夏海はガリガリと頭をかいた。創吾が珍しくかまってこなかったせいで、調子が狂ってしまったようだ。

キッチンのテーブルセットに腰かけ、グラスにドリンクを注《つ》ぐ。少し蒸し暑かったのでクーラーを除湿《じょしつ》にしてかけていたせいか、喉がかわいていた。一気に飲みほしてから、キッチンに隣接したリビングの掛け時計に目をやる。針は九時をさしていた。

父はまだ帰ってこない。今日は残業があるとかで、遅くなると言っていた。

はあ、と自然にため息が漏れる。

サラリーマンである父と自分だけの生活は、はっきりいって味気ないものだ。老舗《しにせ》のデパートに勤《つと》める父が土日に休みがとれることは少なく、一緒にすごすことは滅多《めった》にない。各々《おのおの》が元気で生活していればいい、というスタンスをとっている。

高校生になった今はそうした距離がちょうどいいけれど、子供の頃、特に母が亡くなった後は寂しい思いをした。父に放っておかれたわけではない。できるだけ土日に休みをとり、夏海とすごすように努力してくれた。しかし、それにも限度がある。第一、大黒柱である父がクビになってしまっては、夏海共々干上《ひあ》がってしまうのだ。わがままは言えなかった。

寂しいな。

そんな風に思うとき、決まって創吾が側にいてくれた。なっちゃん、と優しく呼んで、寂しいないよ、僕が側におるから、と笑ってくれた。ときには、ぎゅっと抱きしめてくれた。寂しいと口に出したわけではないのに、まるで夏海の心を読んだようなタイミングだった。

「っちゅうか、何で俺はこんなこと思い出してんねん……」

いつのまにか幼かった頃の創吾の顔を思い浮かべている自分に気付いて、夏海は眉を寄せた。

十年近くも前のことだ。今はもう、あの頃とは違う。夏海も創吾も高校生なのだ。

脳裏に浮かんだ創吾の顔を消すように、軽く頭を振る。

関本が言うた通り、あいつが女の子に呼び出されてたとしても、俺には全然関係ないことや。

それなら、何がむかつくのか。

……恐らく、秘密という言葉が原因なのだろう。

女の子に呼び出されたのなら呼び出されたと、あるいは他の用事なら他の用事だと、はっきり言ってくれればよかったのだ。なまじ『秘密』などという言葉を使われたものだから、妙にひっかかる。落ち着かない。

せやかて創吾は今まで、俺に隠し事したことないし。

ふいに、ピンポーンとチャイムが鳴って、夏海はハッとした。父がわざわざチャイムを鳴らすことはない。

こんな時間に誰や。

立ち上がって、冷蔵庫の脇にあるインターフォンの受話器を取る。はい、と返事をすると、間髪《かんはつ》を入れずに、なっちゃん！　と呼ぶ声が聞こえてきた。

創吾の声だ。

夏海は無意識のうちに顔をしかめた。

「何や」

『今日は一緒に帰れんかってごめんな。お詫《わ》びに、ええもん作ってきたから』

創吾が気付いているのか気付いていないのかはわからないが、夏海は創吾の『作ってきた』という言い方に弱い。ただ『持ってきた』だけなら明日にしろと言えるのだが、『作ってきた』と言われると拒絶できないのだ。

「……わかった。今開ける」

低い声で答えて、夏海は玄関に向かった。

作ってきたて、いったい何を作ってきたんや。

てゆうか関本が言うた通り、俺がこうやって拒絶せんから創吾はエスカレートしよるんや。

けどわざわざ来るなんて、秘密の用事は済んだんやろか？

一時にいくつものことを考えながらドアを開ける。

そこには、手に小さな白い箱をさげた創吾が立っていた。シャツにジーンズというラフな服装だが、長身と端整な顔立ちのせいで、彼の私服姿は洗練されて見える。

「遅《おそ》うにごめんな」

ニッコリ笑った創吾を、夏海は知らず知らずのうちににらみ上げた。

「何や」

「うん。あんな、ちょお珍しいもん作ったから、持ってきてん」

「珍しいもん？」

頷いた創吾は、ちらりと玄関口を見た。

「おっちゃんは？　まだ帰ってきてはらへんの？」

「ああ。今日は残業で遅いんやて」

「うちもや。まだ二人とも帰ってこんし、ちょおお邪魔してもええ？」

わずかに迷ったものの、結局夏海は首を縦に振った。

「ええけど」

すると、創吾はさも嬉しそうに笑う。

「ありがとう。お邪魔します」

どうぞ、と素《そ》っ気《け》なく答えて、夏海はつっかけていたサンダルを脱いだ。

創吾を家にあげるんは、別に秘密が何なんか知りたいわけやないからな。

心の内でつぶやいた言葉が言い訳じみていて、眉をひそめる。

今日、創吾が待っていなかったことに対して怒っていると誤解されるのは、今後のためによくない。やっぱり僕がおらんと寂しいんやな、などと思われて、創吾を増長させるだけだ。

これを機会に、おまえがいない方がいいのだとアピールしておかなければ。

そおや。そのためにうちにあげただけや。

秘密のことなんか、全然気にしてへんし。

「……！」

またしても言い訳のような思考をする自分に、夏海は両手で頭をかきまわした。

「わっ、なっちゃん、どないしたん」

創吾が驚いたように声をあげる。

「髪の毛ぐしゃぐしゃやで」

柔らかな声音《こわね》が降ってくると同時に、長い指が髪の毛を梳《す》く。もともとくせの少ない髪は、創吾の指に導かれてするすると元の位置に収まる。

が、全ての髪が元に戻るまでに、夏海はその手を叩き落とした。

「ガキ扱いすんなて何べん言うたらわかんねん。ちゅうかおまえ、今日の手紙は何なんや」

「え、なっちゃん、鮭ちらし嫌いやった？」

「違う！」

相変わらず見当違いなことを言う創吾に思わず怒鳴ってから、夏海はため息を落とした。

「鮭ちらしのことを言うてんちゃう。……あーもうええわ。そんで何やねん、珍しいもんて」

どっかとリビングのソファに腰かけると、創吾も隣に腰かけてきた。

「ん。あんな、これ」

頷いて、創吾はいそいそと膝の上に置いた箱を開けた。そうして中が見えるようにしてから、夏海に差し出す。

つられて覗き込むと、そこにはチョコチップが散ったマフィンが二つ並んでいた。ふんわりと狐色に焼けていて美味しそうだ。甘い香りが食欲をそそる。

「これ、僕が作ってんけど、お菓子作るんは久しぶりやから。せやからなっちゃんに味見してもらおう思て」

夏海はマフィンから創吾に視線を移した。ニッコリと完璧な笑みが返ってくる。

ひょっとして、これ作るために早《は》よ帰ったとか？

そういえば昼間、女子生徒に菓子は作れるかと尋ねられていた。菓子も作れるようになりたいと思って、練習してみたのかもしれない。

しかしそれなら、『秘密』などという大層《たいそう》な言葉を使う必要はないように思う。

黙っている夏海に、創吾は更に箱を差し出した。

「どうぞ。食べてみて？」

考えていても答えが出るわけではない。

てゆうか別にこいつの秘密が何でも、俺には関係ないし。

自分にそう言い聞かせ、夏海はマフィンに手を伸ばした。いただきます、と言ってしまうのは癖《くせ》だ。

創吾が見守る中、巻かれていた紙を剝《は》がし、ぱくりと一口頬ばる。固すぎず、柔らかすぎず、ふっくりと焼き上がったそれは旨かった。

けど、ちょお俺には甘いかも。

「どお？」

真剣な顔で問われて、夏海は頷いた。

「旨いで」

「ほんま？　なっちゃん的にはどお？　なっちゃんにはちょお甘いかなて思たんやけど」

ズバリと言い当てられて、夏海は苦笑した。創吾には食べ物の好みを知り尽くされている。

「まあ、ちょお俺には甘いかな」

「あ、やっぱり」

創吾は真剣な顔のまま大きく頷く。かと思うと、なぜかひどく嬉しそうに笑った。

「ありがと。参考になったわ」

「参考て何の」

ん？　と首を傾げた創吾は、一瞬、迷うように視線を揺るがせた。そしてまたしても言いにくそうに、それでも言った。

「えーと、秘密」

出た。また秘密や。

やはりマフィンを作ることが秘密だったわけではないらしい。

また胸の辺りがムカッとした。せっかくの美味しいマフィンが喉の奥につかえる。咳《せ》き込《こ》みそうになるのを何とか飲みくだした夏海は、ふいに創吾を家にあげた本来の目的を思い出した。

そうだ。おまえがいない方がいいと言うつもりだったのだ。

胸のむかつきがとれないまま、ゴホンと咳払《せきばら》いをする。

「なあ創吾、おまえもいろいろ忙しいみたいやし、これからマジで弁当とか作らんでええからな」

できるだけ軽い口調で言うと、創吾はなぜか、なっちゃん、と感極まったように呼んだ。

「そない気ぃ遣《つこ》てくれんでも大丈夫やで。なっちゃんの弁当を作る時間は充分あるから」

どこまでも自分に都合のいいように解釈する創吾に、夏海はムッと眉を寄せた。そおゆうことを言うてるんとちゃうと言う前に、創吾が先に言葉を紡《つむ》ぐ。

「あ、でも明後日《あさって》の土曜日と、来週の月曜と木曜は一緒に帰れへんねん。ごめんな」

心底申し訳なさそうに項垂《うなだ》れる創吾を、夏海はまじまじと見つめた。

しかし眼鏡《めがね》の奥の切れ長の双眸は、こちらを見てはいなかった。夏海と視線が合うのを避けるかのように下を向いている。創吾のこんな様子を見るのは、ひょっとすると初めてかもしれない。

土曜と月曜と木曜て、どういうことやねんそれは……。

一緒に帰れない日が既に決まっていることに、なぜかむかつきが高まった。思わずきつく眉を寄せると、ついでのように関本の言葉が耳に甦《よみがえ》ってくる。

あのルックスにホレた追っかけみたいな他校の女子もおるて噂やからな。

……うわ、何やめちゃめちゃムカついてきた。

「そおかわかった。ええ機会やしおまえ、朝も放課後もいちいち俺を迎えに来んのやめえ」

言った声に苛立《いらだ》ちと怒気《どき》が滲《にじ》んで、夏海は焦《あせ》った。

俺は何を怒ってんねん。

創吾が離れるというのなら、喜ぶべきなのに。

一方、きつい物言いを投げつけられた当人である創吾は、きょとんとしている。

「や、せやから一緒に帰れんのは土曜日と、来週の月曜と木曜だけやて」

「その後はどないなるんや。今まで通りなんか？」

低い声で問うと、創吾は珍しく言葉につまった。そして一度は上げた視線を、再び膝《ひざ》の上に落としてしまう。

何でそこで黙る！

てっきり、今まで通りやで、と満面の笑みが返ってくると思っていた夏海は、眉間《みけん》の皺《しわ》が深くなるのを感じた。

「……今まで通りやないと思う。たぶん」

数秒の沈黙の後、創吾はうつむいたまま言った。またしても珍しいことに、ひどく歯切れの悪い口調だった。いつも柔らかく聞こえるわりに、きっぱりとした物言いをする彼らしくない。

我知らずにらみつけると、創吾は一瞬、夏海を見遣った。かと思うと、再び視線をそらしてしまう。切れ長の目の縁がわずかに赤い。

……何やねんその態度。

今まで通りやないて、どう今まで通りやないんや。

と思う、て何や。たぶんてどういうことや。

「………」

夏海のむかつきが頂点に達しようとしたそのとき、玄関のドアが開く音がした。間を置かず、ただいまー、という父の声が聞こえてくる。

「あ、おっちゃん帰ってきはったな。僕も帰るわ。ありがとうなっちゃん」

助かったと言わんばかりに、創吾は素早く立ち上がった。ほぼ同時にリビングのドアが開き、父が入ってくる。

「おっ、創吾君。来てたんか」

「こんばんは。お邪魔してます」

父に向かって軽く頭を下げた創吾は、ソファに腰かけたままの夏海を見下ろした。

「そしたらなっちゃん、また明日な」

長い指が髪に触れた。さっきかきまわしたときに跳ねたままになっていたらしい一ふさの髪が、サラリと元の位置に収まる。

「何や、もう帰るんか？　ゆっくりしてってくれてええのに」

「ありがとうございます。けど、うちももうすぐオヤが帰ってくると思うんで」

笑みを浮かべて答えた創吾に、父はそおか、と頷いた。

「まあ近いさかいあれやけど、気ぃ付けて帰りや」

「はい。おやすみなさい」

「おやすみ」

もう一度頭を下げて出ていった創吾を見送り、父は感心したようなため息をつく。

「創吾君はいっつも礼儀正しいなあ。二枚目の上に好青年や、女のコにようモテるやろう。なあ夏海」

話をふられて、夏海はキッと父をにらみつけた。一人息子に物凄《ものすご》い目つきでにらまれ、父はうろたえる。

「何や。どないした」

「別に！　何でもない！　おかえり！」

「何でもないて、怒ってるやないか……」

「怒ってへん！」

言葉とは裏腹の明らかに怒っている口調で返して、夏海は箱の中に残っていたもう一つのマフィンに乱暴にかじりついた。先ほど食べたばかりの一つ目と同じ味がするはずなのに、なぜか全然美味しくない。

くっそー、何やねん！

創吾がむかつく。

そしてまた、創吾がむかつく自分自身にもむかつく。

とにかくむかついて仕方なくて、夏海は残りのマフィンを全部口につめ込んだ。


「そらおまえ、絶対女やで。うわ、めっちゃ腹立つ！」

ダンダンと足を踏み鳴らした殿村《とのむら》に驚いたのだろう、隣のボックス席に腰かけた中学生の一団が脅《おび》えたようにこちらを見た。狭い座席に立派な体格を押し込めている関本《せきもと》と殿村は、彼らの目にかなり恐ろしげに映っているようだ。

土曜日のファーストフード店は、制服姿の若者で賑《にぎ》わっている。柔道部の練習を午前中で終えた後、夏海《なつみ》は初めてこの店に入った。高校へ入学して以来、創吾《そうご》と二人で帰宅していたため、こうして友人たちと寄り道したことなどなかったのだ。

「そうかなあ。俺は女やとは思わんけど」

落ち着いた口調で言った関本に、夏海の隣に腰かけた殿村は、いーや！　と首を横に振る。

「女や。絶対女や！」

「おまえなあ、自分がカノジョほしいからって、深津《ふかつ》もそうやて決めつけんな。だいたいあの深津に女て想像つかんちゅうの。中学の頃からなっちゃんなっちゃんて、あいつが小田切《おだぎり》以外をかもてるとこを俺は見たことないんやぞ」

関本と殿村に比べて随分小さく見えているだろう自分を感じつつ、夏海は眉を寄せた。このところずっと寄せているので、更に寄せるためには眉間を思い切りしかめなければならない。

「俺が側《そば》におったせいで、創吾にカノジョができんかったて言いたいんか？」

夏海のつっかかるような物言いを気にする風もなく、正面の席でポテトをかじっていた関本は冷静に首を横に振った。

「そうやない。だいたいくっついとったんは深津の方やろ。中学んときどんなかわいいコにコクられても、なっちゃんが一番大事やからて断ってた男が、今になって急に女作るとは思えんのや」

かわいいコ！　と関本の言葉を鸚鵡返《おうむがえ》したのは殿村だ。

「中学んときは好みのコにコクられんかったから、断ってただけかもしれんやんけ。今になって好みのコが現れたんかもしれんやろ。あー、俺もかわいい女のコにコクられたい～」

夏海はじろりと殿村をにらみつけた。ダブルのハンバーガーを頬《ほお》ばっていた殿村は、きょとんとして夏海を見返してくる。

「何やねん小田切。怒るんやったら深津を怒れ深津を。あの裏切り者め～、先にカノジョ作りやがって」

「まあ、万が一カノジョができたんやとしても、別に深津は誰も裏切ってへんけどな」

「あ、コノヤロ関本、自分だけええカッコすんな」

「はあ？　別にええカッコなんかしてへん。だいたい殿村、おまえががっつきすぎなんや」

二人の会話を聞き流しながら、夏海はチーズバーガーにかじりついた。

一昨日《おととい》話していた通り、いつも練習が終わる十分前には姿を現す創吾が、今日は迎えに来なかった。ならば『秘密』の予定がない昨日はいつも通りだったかというと、これがいつもとは少し違っていた。

創吾が朝に迎えに来て、昼には弁当を一緒に食べた。昨日は剣道部が道場を全面使う日だったので、柔道部の練習は休みだった。だから創吾が、なっちゃん帰ろ、と教室まで迎えに来た。

そして一緒に帰った。

行動だけを追えば、いつも通りである。

違っていたのは夏海の態度、そして創吾の態度だ。

いつもなら、近寄るな、離れろ、放っとけ、と連発する夏海は、ただムッと押し黙っていた。

一昨日からずっと、今まで通りやないていうことは創吾は俺から離れるいうことや、よかったやないか、と何度も自分に言い聞かせた。しかし胸のむかつきは一向に消えなかった。口を開くと、そのむかつきが外に出てしまうような気がしたのだ。外に出せば、創吾が迎えに来ないことに対して腹を立てていると思われてしまう。だから黙るしかなかった。

一方の創吾は、そんな夏海に対して何か言いかけては口を噤《つぐ》んだ。いつもストレートに剛速《ごうそっ》球《きゅう》で好意をぶつけてくる彼らしからぬ、はっきりしない態度だった。

まあ、それでもしっかり弁当は作ってきとったけど。予告通り鮭《さけ》ちらしやったけど。

「そんで小田切、おまえも殿村と同じで、深津が先にカノジョ作ったかもしれんて考えてるから、そない不機嫌なんか？」

ふいに問われて、じゅーっと勢いよくコーラを吸い上げていた夏海は正面に腰かけた関本を見た。どないやねん、と目で問われて、一瞬、怯《ひる》む。

創吾にカノジョができたかもしれんて考えてムカついてるんか？　俺は。

……違う。と思う。

「カノジョができたとかできんとか、そういうことやない。秘密て言われたことがムカつくんや」

考え考え、夏海は続けた。

「カノジョができたにしろ他に何かあるにしろ、秘密なんて言わんと、きちんと理由を説明するべきやと思うねん。今まで散々《さんざん》つけまわしといて、それやのに理由も言わんとポイて、そらないやろう。俺はあいつのオモチャやないんやぞ。ワビのひとつも入れろっちゅうねん」

段々早口になってゆく夏海に、ふうん、と関本は頷いた。

「おまえは別に深津が嫌いなわけやないねんな」

予想外のことを言われて、夏海は瞬《まばた》きをした。隣で殿村も瞬きをする。

「そら嫌いやないんとちゃうか？　あんな旨《うま》そうな弁当作ってきてくれるんやし」

「アホ、小田切はいっつも作ってくんな言うとるやろが。作ってもろて嬉しいから食うてるわけやない」

「そらそうやけど……」

首をすくめた殿村を横目で見遣《みや》り、確かに、と夏海は思う。

確かに、創吾のことが嫌いなわけではないのだ。

ただ、やたらとくっつかれてかまわれるのが嫌なだけで。幼い頃から変わらない『弟扱い』が嫌なだけで。

「まあでも、カノジョができたんやったらできたで、小田切には言うてもええよなあ」

自分の言葉にひとつ頷いて、殿村は続けた。

「今までくっつくなて散々言われてるんやから、カノジョができたからもう今までみたいにはくっつかへん言うたら、小田切が喜ぶこと間違いなしやのに」

なあ、と殿村に同意を求められて、夏海は思わず、え、と声をあげた。

あげてから、え、て何やねん、と心の内で自分にツッこむ。

俺は何を驚いてるんや。殿村の言う通りやないか。

「ああ、その通りや。あいつが離れたら俺は嬉しい」

意識的に強く頷いた夏海に、殿村は、そおやんなあ、と同じく頷いた。そして何を思ったのか、あ、と声をあげる。

「ひょっとしたら深津の奴、小田切が本心から離れてほしい思《おも》てるてわかってへんのやないか？　ほんまは側におってほしいくせに照れちゃって、とか思てたりして。せやからボクが離れたらなっちゃんが寂しがる、とか考えて、カノジョのこと言えへんのかも」

この意見には関本も言葉につまった。深津なら充分ありうる、と顔に書いてある。やがてため息を落とした彼は、夏海の肩をポンと叩いた。

「……なあ小田切。深津の秘密がカノジョができたことやて決めつけるんは、早計《そうけい》やと俺は思う。思うけど、とにかくいっぺん真剣に深津と話し合え」

「うん。それがええな」

殿村にも肩を叩かれ、夏海は顔をしかめた。話し合って通じるのなら、とっくにそうしている。話が通じないからつきまとわれているのだ。だから理由がカノジョであれ何であれ、話し合うことなしに創吾が離れてくれるのなら、それに越したことはない。

殿村の言葉の通り、創吾がくっつかないでくれれば自分は満足だ。

満足のはずだ。

それなのに、胸の内にもやもやとした気分がわだかまっている。

何やねんいったい……。

今回ばかりは、たとえ嚙《か》み合わなくても、どうにかして話をする必要がありそうだった。いつまでもこんな風に浮かない気分でいるのは、我慢ならない。


殿村と関本の二人と別れ、夏海は帰宅の途《と》についた。

いつもは創吾と並んで歩く商店街を、一人で歩く。隣を歩く人物がいないだけで、知らない場所を歩いているような気分になるから不思議だ。創吾越しにしか見えない店が、何の障害物もなく直接目に飛び込んでくる。足下《あしもと》に視線を落としても、自分のスニーカーしか見えない。

なっちゃん、と話しかけてくる声も聞こえない。

一昨日、一人で帰ったときにも感じた違和感がまた大きくなったような気がして、夏海は歩を早めた。

土曜日の昼間という時間帯のせいか、平日より人通りが多い。母親に連れられた小学生らしき子供たちの姿も見える。そうした通りの賑やかさが耳につくのは、夏海が一人でいるせいだ。いつもはある会話がないからだ。

……別に寂しいとかやないし、創吾のガキ扱いにイラついて怒鳴らんで済む分、静かでええ。

今日も先輩たちにまで、深津はどないした、と尋ねられた。小田切放ってどっか行くて保護者失格やな、とからかわれてムッとした。

俺には保護者なんかいらんのや。

創吾とは同い年なのだから。自分は彼の弟などではないのだから。

あいつが離れたら俺は嬉しい。

先ほど殿村に言った自分の言葉が思い出された。

俺は、ほんまに嬉しいか？

自問した夏海は、眉をひそめた。

いや。

嬉しくは、ない。

せやかて俺は、創吾に離れてほしいわけやないんや。

ただ、もっと普通の友達付き合いがしたいだけなのだ。つきまとわれるのではなく、世話を焼かれるのでもなく、対等に付き合いたい。

今になって弟扱いしてほしくないと思うのは、自分勝手だろうか。幼い頃、一度は兄に甘えるように創吾に甘えた自分が、彼と対等な関係になろうとするのはわがままだろうか。

手のかかる『弟』としてしか、自分は創吾と付き合えないのだろうか？

ふいにズキ、と胸が痛んだ。

……そんなんは辛《つら》い。

そんなんは、嫌や。

「……あかん」

いつのまにかうつむいて歩いていたことに気付いて、夏海はキッと顔をあげた。

何で俺がこないにいろいろ考えたりムカついたりせなあかんねん。

つきまとったのは創吾だ。弟扱いをやめようとしないのも創吾だ。秘密だと言ったのも創吾なら、迎えに来なかったのも創吾だ。

俺は何も悪《わる》うない。悪いんは創吾やないか。

そう思って顔をしかめた夏海の目に、数メートル先を歩く二人づれの姿が飛び込んできた。

一人はスラリとした長身の男だった。シャツにジーンズという飾《かざ》り気《け》のない格好《かっこう》をしていても一際《ひときわ》目立つ。間違いない。創吾である。

創吾の隣にいるのは、ほっそりとした体つきの女性だった。年は二十歳前後だろう。創吾と同じくTシャツにジーンズというシンプルな服装だ。後ろで無造作《むぞうさ》に束《たば》ねたくせのない髪が、歩調に合わせて涼しげに揺れる。

夏海が凝視する中、彼女は創吾に何やら話しかけた。前を向いていた創吾が女性を見下ろす。再び口を開いた彼女に、微笑《ほほえ》んで何か答える。

刹那《せつな》、ドキ、と心臓が跳《は》ねた。

創吾の端整な顔つきに映った笑みは、夏海に見せる全開の笑みとは違っていた。落ち着いた、抑《おさ》えた大人の笑みだ。

創吾の奴、あんな笑い方できるんや……。

こうして遠くから眺めると、創吾は高校一年生には到底《とうてい》見えなかった。長身のせいもあるのだろう、横に並んだ女性と同い年ぐらいに見える。

夏海が彼女と一緒に歩いていたら、きっと弟にしか見られないに違いない。

けれど創吾は違う。年上らしき彼女と釣り合いがとれている。

恋人同士みたいや。

……てゆうか、ほんまに恋人かもしれん。

ぼんやりそう思った途端、再びドキ、と心臓が跳ねた。

秘密って、あの人のことなんやろか。あの人と会う約束したから、俺を迎えに来れんて言うたんやろか。

よく見てみると、創吾はデパートの紙袋を下げている。電車に乗らなければ行けない場所にあるデパートの紙袋だ。デート帰りに見えなくもない。

ドキドキと心臓が不穏な音をたて始めたそのとき、何の前ぶれもなく、創吾がいきなり振り向いた。彼の後ろ姿を凝視していたのだから当然だが、視線をそらす前に目が合ってしまう。

たちまち創吾の顔に全開の笑みが広がった。

「なっちゃん！」

さも嬉しそうに呼んだかと思うと、迷うことなく歩み寄ってくる。すると、なぜか女性も創吾の後からついてきた。

うわ、二人ともこっち来る。

一瞬、逃げ出そうと足を踏み出したものの、夏海は既《すんで》のところで思《おも》い止《とど》まった。

何で俺が逃げなあかんねん。

逃げる理由がない。

俺は何も悪いことなんかしてへんのやから。

「なっちゃん、今帰り？」

悪びれる様子もなく尋ねてきた創吾に、夏海は無言で頷いた。

何でここにおんねん。その人誰やねん。

今すぐにでも問いただしたい衝動《しょうどう》を何とか抑える。逃げ出したい欲求が足に残っていて、知らず知らずのうちに後退《あとずさ》ってしまった。

「こんにちは」

創吾の背後から顔を覗かせた女性が笑いかけてくる。夏海はやはり無言で頭を下げた。声を出そうとしたが、喉《のど》の奥に何かがつまっているような感じがして、どうしても出せない。

一方の女性は何を思ったのか、しげしげと夏海を見つめてきた。同じぐらいの身長なので、真正面から顔を合わせることになってしまう。近くで見た彼女は、目鼻立ちのはっきりした美人だった。

この人やったら創吾に似合いや……。

ふいにズキ、と疼《うず》いた胸に眉を寄せると、女性は反対に、ニコ！　と笑った。

「君がなっちゃんかあ。やー、ほんまにめっちゃかわいいなあ。しかもお肌スベスベ～」

「ミズキさん」

夏海の頬に伸ばされた彼女の手を、創吾がしっかりとつかむ。

「やめてください」

口調こそ丁寧《ていねい》だったけれど、その声には断固とした拒絶が含まれていた。反射的に見上げた端整な顔は笑っていたが、眼鏡の奥の目は少しも笑っていない。

ひょっとして、この人が俺に触るんが嫌なんやろか。

そう思うと、またしてもズキリと胸が痛んだ。

「えー、ちょっとぐらいええやん。ケチ。あ、わたしヨシカワミズキです。大学生やねん。深津君とは」

「ミズキさん」

創吾に強く遮《さえぎ》られて、女性はきょとんとした。しかしすぐに納得したような顔になる。

「あ、そっか」

ごめん、と彼女は小さく創吾に謝った。創吾は眉を寄せて頷く。

その様子から、夏海にはわからない秘密を二人が共有していることが伝わってきた。

先ほどからドキドキと派手な音をたてている鼓動が、更に早くなる。こめかみの辺りが熱くなってきて、冷静な思考力が働かない。

「なっちゃん？　大丈夫？」

創吾が覗き込んできて、え、と夏海は声をあげた。

「顔色がようない。練習終わった後、ちゃんと水分とった？」

ああ、と頷き、夏海は慌てて創吾から目をそらした。

落ち着け、と自分に言い聞かせる。

創吾が彼女と秘密を共有していたからといって、それが何なのだ。

確かに秘密を持たれたことは気に食わない。散々つきまとっておいて、隠し事をするなんて卑怯だと思う。

けれど実際のところ、創吾がどこで誰と何をしようが、彼の自由なのだ。いくら幼なじみでも、夏海にいちいち報告する義務などない。

「……何でもない。大丈夫や」

幾分か掠《かす》れたけれど、ちゃんと声が出た。うつむけていた視線を、しっかりと創吾に定める。

しかし創吾は愁眉《しゅうび》を開かなかった。心配そうにこちらを見下ろしてくる。

「今日いつもより帰り遅いけど、練習長引いたん？」

「練習終わったんはいつも通りや。マクドに寄って昼食うてたから遅《おそ》なっててん」

「一人で？」

「いや、関本と殿村と一緒や」

答えた口調がいつもに輪をかけて素っ気ないことに気付いたのかもしれない。そか、と頷いた創吾は、申し訳なさそうな、それでいて安堵したような、同時に怒ったような複雑な表情を浮かべる。

なぜか訴えるように見下ろしてくる切れ長の双眸《そうぼう》を見ているのが辛くなって、夏海は再び足下に視線を落とした。

「なあなあ二人とも、こんなとこに立ってても暑いだけやし、どっかでお茶でもせえへん？

おねえさんが奢《おご》ったげる」

わずかな沈黙を逃《のが》さず、ミズキが明るい声をあげる。彼女をにらみつけたのは創吾だった。

「うわ、怖《こわ》っ。そないにらまんでもええやん。カワイイ男のコとお茶飲みたいわたしの気持ちもわかってえや」

「そんな気持ちは全然わかりません」

きっぱり言い切った創吾に、ミズキはわざとらしくチッと舌打ちをする。

「わかりましたわかりました。そしたらお茶はあきらめる。けどなっちゃん、わたしらも今から帰るとこやし、一緒に帰ろ」

「いや、俺は……」

うつむいたまま口ごもると、帰ろ帰ろ、とミズキは更に誘う。

「とって食べたりせんし、大丈夫やで」

「ミズキさん」

興味津々《しんしん》で話しかけてくるミズキを、創吾がまた咎《とが》める。その声を聞いていられなくて、夏海は勢いよく頭を下げた。

「俺、帰ります。さよなら」

早口で言って、そのまま弾《はじ》かれたように駆け出す。しかし、なっちゃん！と呼ばれ、ぐいと腕をつかまえられた。咄嗟《とっさ》に振り払おうとしたものの、骨太な指は離れない。

……悔しい！

そんな思いが腹の底から一気に込み上げてくる。その悔しさが力で敵《かな》わないことに対するものなのか、創吾が自分の知らない女性と親しそうにしたからなのか、それとも他に理由があるのかは、よくわからなかった。

「待ってなっちゃん、どないしたん」

「別に、何でもない」

「何でもないことないやろ。僕が迎えに行かんかったから怒ってるん？」

「違う！」

夏海は思わず怒鳴った。

何でこいつはこうなんや。

人の気も知らないで、勝手なことばかりする。見当違いのことばかり言う。

おまえのそういう態度で、俺がどんだけ……！

「あのー、わたしのせいかな。ごめんな」

遠慮がちに声をかけられて、夏海はハッと我に返った。

通りの真ん中で立ち話をしていたせいか、道行く人たちがちらちらと好奇の視線を向けてくる。創吾と彼女が目立つせいで、余計に注目を集めてしまっているようだ。

ここが人通りの多い商店街だったことを思い出して、夏海は短く息を吐いた。熱くなっていた頭が少しだけ冷える。

　ガキやあるまいし、感情的に怒鳴ってどないすんねん。

「……違います。俺の方こそすんません、大きい声出して」

　ミズキに謝ってから、まだ腕をつかんでいる創吾を意を決して見上げる。そらしそうになる目を、敢えて眼鏡の奥の瞳に合わせる。

　そこには、やはり何かを訴えかけるような強い色が映っていた。

「ほんまに何でもない。大丈夫や。俺よりヨシカワさんを送ってけ」

「けど……」

「それ、彼女の荷物とちゃうんか？」

　夏海の言葉に、創吾はデパートの紙袋を慌てて背後に隠した。またズキ、と胸が痛む。

　今更隠しても遅いっちゅうねん。

「最後までちゃんと送ってけ。俺は中途半端は嫌いや」

　嫌い、という言葉に創吾の肩が揺らいだ。切れ長の双眸がショックを受けたように丸くなる。

　そういや俺、嫌やとか迷惑やとか離れろとかは言うてきたけど、嫌いて言うたことはなかったっけ……。

　夏海はもう一度息を吐いた。まだ腕をつかんでいる創吾の指を、無理やり振り払うのではなく、そっとほどく。

そしてできるだけ普段通りの、友達として当然の軽い口調で言った。

「そしたら、俺は帰る。またな、創吾」


知らず知らずのうちに重くなってきた足取りを感じつつ、夏海は歩いた。

胸が痛い。

むかつくのではなく、痛い。

おまけに泣きたいような衝動が喉の奥にわだかまっている。

何でこんな気持ちになるんや……。

普通の友人として、対等に創吾と付き合いたいと望んだのは夏海自身だ。今まさにその望みが叶おうとしているのに、この気持ちは何なのだ。

ワン！　と吠《ほ》えられて、夏海は足を止めた。

植野《うえの》家の門からクッキーが鼻先を出している。夏海の気配を察知して出迎えてくれたらしい。

「……ただいま、クッキー」

いつもの二分の一以下の声量で言うと、クッキーは嬉しそうに尾を振りながらも、どないしたんや？　という風に首を傾《かし》げる。

真っ黒な瞳で見上げてくるクッキーと視線を合わせるように、夏海はしゃがみ込んだ。いつものように、わしわしと頭や喉を撫《な》でてやりながらつぶやく。

「別に、何でもないねんけどな。何でもあるんや。……自分でも、ようわからんねん」

本当に、わからない。

俺は何をどうしたいんやろ。

この苦しいような、痛いような気持ちは、どうしたら消えてくれる？

ふいに、くうんと鳴いてクッキーが擦《す》り寄《よ》ってきた。その仕種《しぐさ》が、元気出しぃな、と言っているように思えて、夏海は我知らず苦笑した。

「慰《なぐさ》めてくれてんのか？　ありがとうな。おまえにはほんま、ガキの頃から世話になってばっかりや」

創吾と二人で、よくクッキーに会いに来たものだ。気性《きしょう》が穏《おだ》やかで利口《りこう》なクッキーは、幼い子供二人のかっこうの遊び相手だった。植野のおばさんも、息子が家を離れている寂しさからか、いつ訪ねても快《こころよ》く迎えてくれた。

「あのときが嫌やったわけやない。あのときのままでおるんが、嫌やっただけや……」

夏海は小さくつぶやいた。

せやかて俺だけやったんや。創吾があんな風に、小さい子にするみたいにかまうんは。

それが嫌だった。かまわれることそのものが嫌だったわけではない。

脳裏にヨシカワミズキの笑顔が浮かんだ。改めて思い返してみると、創吾は彼女をミズキさん、と名前で呼んでいた。創吾が誰かを名前で呼ぶのを、夏海は初めて聞いた。

俺かて、夏海ってちゃんと名前で呼ばれたことないのに。

……あの二人は、やはり付き合っているのかもしれない。

ズキリと胸が痛んで、きつく眉を寄せる。すると今度は、彼女の横に並んでいた創吾の顔が思い出された。

こちらは夏海には見せたことがない大人びた笑みを浮かべている。端整な顔を彩《いろど》るその笑みは、創吾の顔など見飽きている夏海から見ても、文句なしに魅力的だった。

そっとほどいた手が、もう一度腕をつかもうと動いたことには気付いていた。けれど気付かないふりをして踵《きびす》を返した。走り出さないようにするのが精一杯だった。

「創吾……」

意識しないうちにその名がこぼれ落ちて、夏海は慌てて唇をかみしめた。

こんな気持ちは消さなければ、と思う。

こんなわけのわからない気持ちは、いらない。必要ない。

バン！　と床に落とされて、夏海《なつみ》は瞬《まばた》きをした。身についた習慣で受身をとったものの、まさかこんなに簡単に技をかけられるとは思っていなかったので、いささか驚く。

「コラ小田切《おだぎり》、おまえ本気でやってへんやろ」

たった今鮮《あざ》やかな大外《おおそと》がりを決めたばかりの二年の先輩に、頭を小突《こづ》かれる。彼も夏海と同じぐらいの背丈だが、体つきはがっちりしている。

「や、本気ですよ」

「嘘つけ。思い切りびっくりした顔しやがって。何でこんな簡単に一本とられたんや俺、て顔に書いたぁるわ」

数メートル離れた場所で同じく関本《せきもと》に投げられた殿村《とのむら》が、ふっふっふっと受身の体勢のまま笑う。

「それはですね、先輩。小田切が今日の昼、深津《ふかつ》の弁当をほとんど食うてへんからです。力が出えへんのですよ」

「ほとんど食うてへんて何でやねん。あれ、そういや深津の奴、今日も来てへんな」

練習が終わる十分前だというのに、道場の出入口に創吾《そうご》の姿はない。

一昨日《おととい》の土曜日、ひょっとしたらヨシカワミズキを送った後に来るかもしれないと思ったが、創吾は姿を見せなかった。いつもは何だかんだと理由をつけてやって来る日曜日も、訪《たず》ねてこなかった。

カノジョができたからって、全然顔見せんようになるてどういうことやねん。今まで通りやないて言うたかて、そない急に態度変えんでええやろ。

そんな風に苛立《いらだ》つ一方で、実際に訪ねてこられたら困ると夏海は思った。どういう顔をして、何を言えばいいのかわからなかったのだ。赤ん坊の頃から当たり前のように側《そば》にいる創吾にどんな顔をしていいかわからないなんて、初めてだった。

中学生の頃の創吾は女子生徒に告白される度《たび》、コレコレこういう風に断ったから、と律儀《りちぎ》に報告してきた。だからといって自慢するわけではなく、本当にただ報告してくるだけだったので、いちいち言わんでもええ、と文句を言いつつ聞き流していた。が、本命のカノジョができたとなれば話題にしないわけにはいかない。普通の友達なら、ヨシカワさんと付《つ》き合《お》うてんのか？　と尋ねるぐらいはするだろう。

しかし、ミズキについて創吾と話すのは嫌だった。彼女の顔を思い浮かべただけで嫌な気分になるのに、話などできるはずもない。

そう、この土日の夏海はずっと嫌な気分だったのだ。

ヨシカワミズキのことを考えて嫌な気分になり、創吾のことを考えて苦しくなった。そしてまた、苦しむ自分自身に、何もこんな暗い気分にならんでええやろ、と苛立って自己嫌悪に陥《おちい》った。

いつもは布団に入ったらすぐ眠ってしまうのに、土曜も日曜もまんじりともせず夜をすごした。うとうとはするものの、眠りそのものが浅いためか、ちょっとした物音で目が覚めてしまう。

そして今日、月曜日の朝。夏海は早起きして、いつも創吾が迎えに来る時刻を待たずに一人で家を出た。嫌な気分は、朝になってもまだ抜けていなかった。それどころか、今このときもどんどん強くなっているような気がする。

「深津、どないしたんや。小田切の弁当を作ってきてるってことは、ガッコには来てるんやろ」

先輩の問いに、はい、と返事をしたのは関本だ。彼は創吾と同じクラスである。

「朝は来てたんすよ。けど四限終わったらすぐ、俺に小田切の弁当預けて帰ってしもたんです。センセには風邪とか言うとったけど、そういう感じやなかったなあ」

関本が手渡してくれた弁当は、ほとんど食べられなかった。いつも通りにしなければ、と思った夏海は意地でも食べようとした。けれど、食欲が全くなくてどうしても食べられなかったのだ。

弁当にはまた手紙がついていた。が、夏海は読まなかった。こちらは意図的に読まなかった。読めばきっと、もっと嫌な気分になると思った。

「あいつのことや、また小田切のために何かしてるんとちゃうか?」

ひひ、と笑った先輩に、そんなはずない、と心の内だけで反論する。

今日かて、創吾はもっと前から一緒に帰れへんて言うてたんや。

自分から創吾を避けたくせに、昼休みに創吾が現れなかったとき、避けられたと思った。ひどく腹が立った。同時にまた、胸が痛くなった。

来てほしいのか、来てほしくないのか。

かまってほしいのか、かまってほしくないのか。

正直、夏海には自分が何を望んでいるのか、よくわからなくなっていた。矛盾《むじゅん》だらけの感情に、パニック一歩手前の状態だ。梅雨特有の蒸し暑い気候のせいか、余計に精神が不安定になっているような気がする。

やめ！　と主将の声が道場に響いた。続けて集合！　と声がかかって、のろのろと立ち上がる。ありがとうございました、と習慣で先輩に頭を下げたものの、ほとんど上の空だった。主将の締めの言葉も耳に入ってこない。

何でこんな気持ちになるんやろ。何で創吾のことばっかり考えてしまうんやろ？

考えても、苦しいだけなのに。

「小田切もこないだから機嫌悪いっちゅうか、何やぼーっとしてるよなあ」

殿村に言われて、夏海はハッとした。

いつのまにか、道場は一年生部員だけになっている。

「よっしゃ、わかった！　次に深津が来たときは俺も一緒にヤツをシメたる。裏切り者には当然の報いじゃ！」

「せやから別に深津は裏切ってへんっちゅうの。だいたい、あいつ黒帯なんやぞ。逆にシメられるわ」

「え、マジ？」

尚もぼんやりとして殿村と関本のやりとりを聞き流していると、周囲にいた部員たちが、お、と一斉に声をあげた。

思わず顔を上げる。条件反射のように、視線が入口に向いた。

「創吾……」

自然とその名が口をつく。

いつからそこにいたのか、道場の入口に創吾が立っていた。

一度は家へ帰ったらしいのに、制服のままだ。手にはタオルとスポーツドリンクではなく、ターコイズブルーの涼《すず》やかな包装紙でラッピングされた箱を持っている。

こちらをまっすぐ見つめる彼の顔に、いつもの全開の笑みはなかった。今まで一度も見たことがない、ひどく真剣な表情をしている。

またしても、ズキ、と胸が強く痛んで、夏海は視線をそらした。

このままじっとしていたら、創吾はこちらに寄って来るだろう。来たら話をしなければいけなくなる。目を合わせなければならなくなる。

……無理や。

自分でも自分の気持ちがどうなっているのかわからないのに、話などできない。ましてや部員たちがたくさん残っている道場で話すなんて不可能だ。

「あ、おい、小田切」

殿村の声を無視して、夏海は敢《あ》えて入口に向かって歩き出した。創吾の横をすり抜け、部室へ向かうつもりだった。

うつむき加減に歩く。少しずつ創吾が近付いてくる。

歩を進める度、息苦しくなった。

苦しい。苦しい。痛い。苦しい。

「なっちゃん」

呼ばれたものの、夏海は返事をしなかった。無言で靴をつっかけ、創吾の横を通り抜けようとする。

しかし、なっちゃん、と再び呼ばれると同時に、強く腕をつかまれた。長い指が皮膚《ひふ》に食い込む感触に、きつく眉を寄せる。咄嗟《とっさ》に振り払おうとしたが、からみついた指は離れなかった。

怒り。焦《あせ》り。苛立ち。

それらとは別の、もっと暗い何か。

全部が複雑に入り交じった感情が、腹の底から込み上げてくる。

「月曜は一緒に帰れんて言うたやないか。こんなとこで何してんねん」

視線を合わせないままうなるように言うと、うん、と創吾は頷いた。

「なっちゃんに、どうしても渡したいもんがあって。ほんまは今週の土曜日に渡すつもりやってんけど、そんときまで待てんようになってしもたから」

「何で」

「なっちゃん、怒ってる？」

遠慮がちに問われて、夏海は唇をかみしめた。

怒ってる？　俺が？

確かに怒っている。

ヨシカワミズキのことを一言も話さなかった創吾に対して怒っている。秘密にされたことに対して怒っている。

けれど、胸の内に渦巻《うずま》いているのは怒りだけではない。

怒りだけなら、こんなに痛くて辛い気持ちにはならないだろう。

「ミズキさんに、なっちゃんきっと怒ってるでって言われてん。けど僕、怒らせたいわけやないんや。真剣やねん。からかおうとかそんなこと、全然思《おも》てへんねん。せやから、なっちゃんにも真剣に受け止めてほしいんや」

どこまでも真面目な創吾の物言いに、胸に湧《わ》いた激情がたちまち膨張《ぼうちょう》する。創吾がミズキの名を口にしたせいか、目の奥が熱くなった。視線の先にある下駄箱が歪《ゆが》んで見える。

「……俺は別に怒ってへん。あの人の勘違いやろ」

「けど……」

口ごもった創吾は、心配そうに夏海を見下ろしてくる。

俺の話はまともに聞かんくせに、ミズキさんの話はちゃんと聞くんか。

彼女と付き合《つお》うてるからか？

恋人、やからか。

そう思うと、カッと頭に血が上った。

「こんなとこでうろうろしてんと、さっさと彼女んとこへ行ったらどないや」

「カノジョって？」

ぶつけられたきつい語調にめげることなく、創吾は不思議そうに問う。その他人事《ひとごと》のような言い方に、夏海は思わず怒鳴った。

「そんなこと俺が知るか！　何渡したいんか知らんけど、俺は受け取らんからな！」

力まかせに創吾の腕を振り払う。そして後も見ず、部室に向かって駆け出す。

しかし創吾はあきらめるどころか、すかさず追いかけてきた。

「待って、待ってなっちゃん。なっちゃん、何で怒ってるん？　なっちゃん！」

こちらは全力で走っていて声を出す余裕などないというのに、追ってくる創吾は息を切らしながらも尋ねてくる。しかも手に持っているブルーの箱は水平に保《たも》ったままだ。夏海も足は速い方だが、創吾はそれ以上に速い。

悔しくて苦しくて腹が立って痛くて。

何が何だかわからない。

なっちゃん、と尚《なお》も呼ぶ声に振り返ることもせず、部室の前にたどり着いた夏海は、素早くドアを開けた。今まさに出ようとしていたらしい先輩が、わっと声をあげるのに、すんません！と頭を下げ、中へ飛び込む。何事かと驚いたようにこちらを見る上級生たちに一礼して、夏海は自分のロッカーからバッグを取り出した。

「どないした、小田切」

「あれ、深津やないか。やっぱり来とったんか」

口々に言う先輩たちにもう一度頭を下げ、夏海は部室を飛び出した。

中まで追いかけようかどうか迷っていたのか、創吾はドアの前にいた。夏海の姿を認めると、すぐに駆け寄ってくる。

「待ってなっちゃん、これ、なっちゃんのために作ってん。これのためにミズキさんと」

「うるさい！」

めげずに距離をつめてきた創吾を突き飛ばす。刹那《せつな》、箱が床に転がった。

創吾が蓋《ふた》を開けていたせいで、中身が直接床に落ちる。

「あ」

あげた声が創吾と重なった。

床に落ちたのはアップルパイだった。こんがりと狐《きつね》色に焼けている。が、落下の衝撃で形が崩れ、中のリンゴがむき出しになってしまった。

そう思ったけれど、一度頭に上った血はそう簡単には下がらない。ただでさえパニック寸前だった気持ちは、今や完全に混乱に陥っていた。

どうしていいかわからなくて、夏海は創吾とアップルパイをその場に置き去りにし、一目散《いちもくさん》に駆け出した。


道衣《どうぎ》のまま学校を飛び出したことに気付いたのは、商店街に入ってしばらくしてからだった。白い柔道衣を着て走る顔面蒼白《がんめんそうはく》の男子高校生は、人目を引くのに充分だったらしい。向けられる視線の多さが、夏海に制服を着ていないことを自覚させた。

ああ、俺、着替えもせんと……。

そう思うと、自然と足から力が抜けた。と、と、と、とつまずくようにして、駆けていた足が歩みに変わる。

途端にぐっと込み上げてくるものがあって、夏海は唇をかみしめた。目の奥がズキリと痛む。かと思うと止める間もなく涙が頬にこぼれ落ち、慌てて目許《めもと》を手でこする。

何で泣くねん。

悔しいからか？　腹が立ったからか。

……それもある。

創吾とヨシカワミズキの間には、確かに夏海の知らない何かが存在した。名前で呼んでいたこともひっかかったけれど、それ以上に、共通の秘密があるように感じられた。

長い付き合いなのに、彼女について何も話してくれない創吾に対して腹が立った。ないがしろにされたような気がして悔しかった。

しかし泣けてきたのは、ただ腹が立つ、悔しいという感情からだけではない。

今までにも散々《さんざん》、弟扱いされることに腹を立て、悔しい思いをしてきた。

けれど、こんな風に泣けてきたことは一度もない。裂けるのではないかと心配になるほど胸が痛いのも初めてだ。

いったい何なんや。俺はどないなってしもたんや。

わけがわからなくて、夏海はきつく目を閉じた。ゆっくりとした歩みを刻んでいた足は、いつのまにか止まってしまっている。

「あれ、なっちゃん？」

聞き覚えのある声がして、夏海は反射的に振り返った。背後から近付いてくるのはヨシカワミズキだ。

胸どころか、全身が強く痛んだ。

嫌や。

会いたくない。見たくない。話したくない。

咄嗟に逃げ出そうとしたものの、足は思うように動いてくれなかった。ここへ来るまでに、肉体的にも精神的にもかなり消耗《しょうもう》してしまったようだ。

それでも知らず知らずのうちに後退《あとずさ》った夏海に、ミズキは心配そうに眉を寄せた。

「大丈夫？　気分悪いん？」

夏海が道の真ん中に突っ立っていたせいだろう、そんな風に尋ねてくる。

「……いえ、あの……」

口ごもった夏海に、彼女は優しい笑みを浮かべた。

「あ、そうそう。こないだはごめんな。深津君があんまりなっちゃんなっちゃん連発するもんやから、実物を目の前にして興奮してしもて。わたしも恋人とラブラブやけど、あそこまではいかんからなあ」

「こいびと……？」

夏海は思わず鸚鵡返《おうむがえ》しした。

恋人て、創吾のことやないんか？

無意識のうちに目を真ん丸に見開いて見返すと、彼女は、うん、と屈託《くったく》なく頷いた。

「カレシ甘いもんが好きやねん。けどホラ、仕送りしてもうてる学生の身分で、そないしょっちゅうたっかいケーキとか和菓子とか食べられへんやん。せやからわたしがいっちょ作ったろ思てんけど、実はお菓子て全然作ったことなかってん。そんで無闇《むやみ》に作って失敗するんもイヤやし、とりあえず短期のお菓子教室に通うことにしたんや」

作ったことないのに作ったろ思うとこなんかはラブラブやねんけどなー、とミズキは勝手にのろける。

夏海は相づちを打つことすらできず、ただ黙って彼女の話を聞いていた。

……この人、創吾の恋人やなかったんか？　創吾と付き合うてるんとちゃうんか。

「創吾と、付き合うてはるんや……」

心で思ったことが、我知らずそのまま口に出る。するとミズキはブハ、と吹き出した。

「そんなわけないやん。だいたい年下は趣味ちゃうし、あの深津君相手ではなあ」

「けど、名前を……」

「ん？　ああ、それは同じ教室にもう一人ヨシカワさんがおって、ややこしいから名前で呼ぶことになっただけやねん。特別なイミはナイナイ」

ミズキは笑いながらひらひらと片手を振る。

何や、そおか……。

この人、創吾の恋人やないんや。

そう思った次の瞬間、体中の力がどっと抜けた。目眩《めまい》までして、自分がいかに緊張していたかを思い知る。

掛け値《かね》なしに夏海は安堵《あんど》した。

彼女が創吾の恋人ではなくて、よかった。本当によかった。

安心するあまり、空気の抜けた浮き輪のようになってしまった体を何とか支えようと、慌てて足を踏み出す。それを歩こうという合図と勘違いしたらしく、ミズキはゆっくり歩を進めた。

「そのお菓子教室に、めちゃめちゃオトコマエの高校生がおってやな。思い切り真面目な顔で、何としてもこんがり狐色でサクサクの美味《おい》しいアップルパイを焼かねばならぬのです、みたいなことを言うわけよ。皆興味津々《しんしん》で何でて聞いたら、なっちゃんのために、てそらもう恋するオトメみたいな顔してやなあ。従姉《いとこ》がプレゼント用のラッピングをデパートで教えてるて言うたら、習いに行きますから紹介してくださいて、ほんま熱心で」

調子良くそこまで話したミズキは、あっと声をあげた。そして、どうにかこうにか彼女と歩調を合わせていた夏海を見つめる。

「教室に通《かよ》てること、なっちゃんには秘密にしてくれて深津君に言われてたんやった。わたしが言うたってこと内緒にしといてな」

決まり悪そうに言われて、夏海は頷いた。はい、と返事をしたかったが、出てきたのは吐息だけだ。

「深津君、お菓子作りに何やイヤな思い出があるみたいで今まで敬遠《けいえん》してたらしいんやけど、アップルパイだけはどうしても上手に作れるようになりたいて言うてたよ。なっちゃんの好物やからって」

そうですか、と夏海は小さく相づちを打った。胸の奥がズキリと痛む。

こんなん違う。美味しいない。アップルパイやない。お母さんのパイやない。

創吾が焼いた硬《かた》いパイをかじった途端、火がついたように泣き出した幼い自分を思い出す。母が事故に遭《あ》う前日、幼稚園から帰ると、家中がとてもいい匂いに包まれていた。甘くてこうばしい香りは、夏海をとても幸せな気分にしてくれた。

お母さん、これ何の匂い？　とわくわくしながら尋ねると、アップルパイや、と母は微笑《ほほえ》んで答えた。夏海が幼稚園行ってる間に、お母さん、夏海のためにがんばって手作りしてん。そう言って出してくれたのが、アップルパイだったのだ。夏海にとって、アップルパイは特別なお菓子だった。

いつまでも泣きやまない夏海に、創吾はおろおろして、ごめん、なっちゃん、ごめんな、と謝罪をくり返した。

いつか絶対、なっちゃんのお母さんのアップルパイ、ちゃんと作れるようになるから。せやから、ごめんな。

必死で謝った創吾も、今にも泣き出しそうな顔をしていた。

創吾が菓子を作らんかったんは、あのときのことが頭に残ってたからなんや……。

「なっちゃん、深津君とケンカでもした？」

ふいに問われて、え、と夏海は思わず声をあげた。ミズキはニッコリ笑う。

「アップルパイの授業は土曜日までやってん。今日と木曜はキャロットケーキでな、なっちゃんはニンジンが苦手やけど、ケーキやったら喜んで食べてくれるはずやって、深津君、楽しみにしてたのに来《け》ぇへんかったから。何かあったんかな思て」

床に落ちたアップルパイが脳裏に甦《よみがえ》る。

狐色に焼けた、美味しそうなパイだった。中のりんごは黄金色《こがねいろ》だった。

あれは、創吾が心をこめて夏海のために焼いたパイだったのだ。

それやのに、俺が床に落としてしもたんや……。

苦い罪悪感と共に、切ないような痛みが胸に湧いた。

創吾はきっと、ひどく傷ついただろう。

「……俺が、悪かったんです。勝手にいろいろ思い込んで、あいつのこと、邪険《じゃけん》にしてしもた」

足下《あしもと》に視線を落とし、ぽつりぽつりと言う。するとミズキは、うーんとうなった。

「なっちゃんばっかりが悪いわけやないんとちゃう？　二人のことちょっとしか知らんわたし

がこんなこと言うんもアレやけど、深津君てなっちゃんのことかまいすぎのような気ぃするで。なっちゃんなっちゃん言いすぎじゃーて、教室でもツッこまれまくってたしな」

悪びれる風もなくなっちゃんなっちゃんとくり返す創吾に、女性陣がツッこんでいる様子が目に見えるようで、夏海は力なく笑った。

そんな夏海を見て、ミズキはまた、うーんとうなる。

「こないだもやし、今も思たんやけど、なっちゃんて外見めっちゃカワイイのに、中身けっこうオトコマエやんか。同い年やのに深津君のああいうかまい方、イラッとすることあるんちゃう？」

「それは……、まあ……」

曖昧《あいまい》に頷くと、やっぱり、とミズキは鼻を鳴らした。

「なっちゃんが甘えたいんやったらともかく、そうやないんやったら、高校生にもなって友達にあの態度はあかんよなあ。こないだ深津君にも、なっちゃん怒ってたみたいやし、あんまりかまいすぎたらあかんのちゃうって言うてみたんやけど、全然話通じんくて困ったわ」

憤慨《ふんがい》した様子で話すミズキに、夏海は苦笑した。

「けど、ちっさい頃はそんで良かったんです。俺が途中で弟扱いが嫌になってしもて」

「そら嫌になって当然とちゃう？　なっちゃんは深津君の弟やないんやから」

あっさり同意されて、夏海は瞬きをした。

当然、なんやろか。

「けど……、甘えてた時期もあるわけやから。創吾にどんだけ弟扱いやめろ言うてもやめんのは、習慣になってしもてるからかもしれません」

夏海が言い終えると同時に、ミズキは歩みを止めた。

そこは、ちょうど商店街を抜けたところだった。古い家屋が建ち並ぶ通りは、既に夕闇に包まれている。忙しく行き交う帰宅途中の学生やサラリーマンの姿が目立つ。

「なっちゃんは、深津君のこと嫌いやないんや」

関本にも言われたことをそのまま問われて、夏海は怯《ひる》んだ。

……そおや。嫌いやない。

それどころか、好きなのだと思う。

寂しいときにはいつも側にいてくれた。今だって、夏海のことを誰よりも気遣《きづか》ってくれる。無条件で味方になってくれる。勉強もスポーツも優秀で、外見も文句のつけようがない二枚目なのに、威張《いば》ったりしない。傲慢《ごうまん》にもならない。

そんな創吾だからこそ、せめて精神面では対等になりたいと思った。弟扱いされたくなかった。一方的に世話を焼かれる『弟』ではなく、同じステージに立つ『小田切夏海』でいたかったのだ。

沈黙を肯定ととったらしく、ミズキは小さく笑った。そしてポンポンと夏海の肩を叩く。

「よっしゃ、わかった！　そしたらなっちゃん、思い切って深津君に甘やかされたり」

「は……？」

言われたことの意味がわからなくて、夏海は首を傾げた。

一方のミズキはニッコリと笑みを浮かべる。

「せやからな、深津君が甘やかしたいて言うんやったら、甘えたったらええねん。甘やかされてるからって、対等やないってことはないで」

夏海は思わず、え、と声をあげた。

甘えるということは、自分が庇護《ひご》される弱い存在であると認めることになるのではないか？　対等ではないと認めることになるのではないか。

そんな夏海の疑問に気付いているのかいないのか、ミズキは言葉を続ける。

「てゆうか、なっちゃんと深津君の場合、精神的には深津君のがなっちゃんに甘えてることになるんとちゃうかな。ここは深津君のワガママを受け入れたる気持ちで、敢えて甘えてやるわけよ。そしたら深津君、喜ぶやろ」

「はあ……」

夏海は曖昧に頷いた。反対にミズキは、うん、それがええかも、と大きく頷く。

「甘えたいわけやないのに、相手のことを考えて敢えて甘えたるっちゅうのも、ある意味男の度量やで。深津君の態度を変えられんのやったら、なっちゃんが変わったらええねん。しょっちゅうでのうてもええから、たまには広い心で、いくらでも甘やかされたるさかい好きなだけ甘やかしに来いや！　ぐらいの気持ちで深津君を受け止めてやったらええんとちゃう？」

目から鱗《うろこ》が落ちた気分で、はあ、と夏海は再び気の抜けた返事をした。

敢えて甘やかされてやる。

創吾を受け止めてやる。

そんな発想は今までなかった。とにかく対等になりたいと、そればかり考えていた。

「わたしもな、カレシがわたしのこと甘やかしたがってるなーて感じたときは、敢えて甘えるねん。自分でできることでも、わざとせんかったりするし」

「……そうなんですか？」

そうやねん、とミズキは楽しげに笑う。

「嫌いなヤツが相手やったら、そいつがわたしに何を求めてても関係なしで自分がやりたいようにやるけど、好きな人が相手やったら、その人が喜ぶようにしたげたいやんか」

好きな人が喜ぶように。

夏海はその言葉を心の内だけでくり返した。

俺は今まであいつが喜ぶようなこと、何かしてやったか？

何もしてやっていないような気がする。それどころか、勝手にミズキとの仲を誤解して、創吾が作ってくれたアップルパイを床に落としてしまった。

ズキリと胸が痛む。

俺って最低やな……。

なっちゃん、と柔らかな声で呼ばれて、うつむけていた視線を上げる。商店街の明かりを受けたミズキの顔は、優しく笑《え》んでいた。

「できたら深津君と仲直りしたげて。深津君、なっちゃんがおらんと寂しいて泣いてまうで、きっと」

夏海は思わず笑った。ミズキも笑う。

「そしたらわたし、こっちやし。またね」

手を振って踵《きびす》を返した彼女に、夏海は軽く頭を下げた。そしてふと、ミズキが言った好きな人というのが恋人を指していることに気付く。

俺と創吾には、当てはまらへんのとちゃうやろか……。

けれど、自分が創吾を好きなことに違いはないのだ。同時にまた、創吾がヨシカワミズキと付き合っていなかったこと。そして創吾が言った『秘密』が、アップルパイを上手く作るために教室に通うことだったという事実に、心底安堵してもいる。

この気持ちは、何なんやろ。

ほっとしたというのにまだ続いている、この痛いような苦しいような気持ちは、いったい何なのだろう。

家へ帰ってすぐ、夏海はシャワーを浴びた。ミズキと別れた後、道衣を着ていることが急に恥ずかしくなって走って帰ったのだ。おかげで家にたどり着く頃には、全身汗みずくだった。

体がさっぱりすると、気持ちも落ち着いた。

とはいえ、混乱が完全に収まったわけではなかった。今まで通りにふるまえばいいと思うのに、今まで通りにはできない気がする。だからといって、創吾に対してどういう態度をとればいいのか、皆目《かいもく》見当がつかない。

そういや創吾も、今まで通りやないて言うとったな……。

サンダルをつっかけながら、夏海は小さく息を吐いた。

あれは、どういう意味やったんやろ。

今までとは違って、これからはアップルパイをどんどん焼いてあげる、という意味だったのだろうか。

合っているような気もするし、違っているような気もする。

まあ、もともとあいつの考えてることは俺にはようわからんのやけど……。

はっきりしているのは、創吾の思考回路の行き着く先が『なっちゃんのため』であることだ。

そしてもうひとつ、はっきりしていること。

俺は創吾に謝らなあかん。

せっかくアップルパイを作ってくれたのに落としてしまって悪かったと、頭を下げなければ。

立ち上がった夏海は、気合を入れるように再び短く息を吐いた。

「よし」

ドアを開けると、辺りはすっかり暗くなっていた。風が出てきたせいか、蒸し暑さは和《やわ》らいだようだ。半袖から伸びた腕が少し寒い。

ドアを閉め、鍵をかける。その間に鼓動が少しずつ高鳴ってくる。

創吾に謝るのって、ひょっとしたら初めてとちゃうやろか。

……よう考えたら俺って、かなり王様？

そんな脈絡《みゃくらく》のないことを考えながら門を出ると、ぼそぼそと話し声が聞こえてきた。斜め前にある植野《うえの》家の外灯《がいとう》の下に、長身の男が屈《かが》み込《こ》んでいる。

創吾だ。

ドキ、と心臓が滑稽《こっけい》なほど跳ね上がった。金縛《かなしば》りにあったかのように、足がその場で止まる。

学校帰りらしく、創吾は制服を着ていた。こちらに背を向けているためか、珍しく夏海に気付かない。

「やっぱりなっちゃんは、僕のこと幼なじみとしてしか好きになってくれんのやろか。なあクッキー、どない思う？」

くうん、と相づちを打ったのはクッキーだ。

慰めているかのようなその鳴き声を合図に、夏海は再びゆっくり足を踏み出した。

とにかく、謝らなくては。

それからどうするかは、謝ってから考えるしかない。

「あかんてクッキー。これは床に落ちてしもたやつやからあげられん。汚れてへんとこもあるけど、人間の食べもんをそのまんま犬にあげるんはようないて、こないだテレビで言うとったんや。クッキーももう健康を考えなあかん年やし、おばちゃんにあげてええか聞かんと」

また、くうん、とクッキーが鳴く。黒い塊《かたまり》が創吾に擦《す》り寄《よ》ったのが、薄暗い明かりの下でも見てとれた。創吾は、うーんとうなる。

「しゃあないなあ。そしたらほんまにちょっとだけやで」

脇に抱えていた箱を、創吾は地面に下ろした。アップルパイが入っていた箱だ。

創吾が俺のために焼いてくれたパイ。それが地面にある。

あれは、俺の。

俺のアップルパイや。

話聞いてくれたお礼な、と言って、創吾は蓋を取り払った。刹那、夏海は考えるより先に駆け出した。

足音に気付いた創吾が目を見開くのと、夏海が彼を突き飛ばすのと、ほぼ同時だった。

創吾がわっと声をあげて派手な尻もちをつく。それにかまわず、夏海は箱を自分の方へ引き寄せた。そして崩れたアップルパイを素手《すで》でつかみ、そのまま口に運ぶ。

「うっわ、ちょっ、なっちゃん！　何してんの！」

右手でつかんだ分をがつがつと全部口に入れた夏海は、今度は左手の分も頬《ほお》ばった。たちまち甘いりんごの味が口の中いっぱいに広がる。ジャリ、と嫌な感触がしたけれど、そんなことはどうでもよかった。

せやかてこれは、俺のパイやから。

「ちょお待って、ストップ！　そんなん食べんでええて！　なっちゃん！」

強引に両手をつかまれて、夏海は口いっぱいに頬ばったパイを咀嚼《そしゃく》しながら創吾を見上げた。

「食べたらあかんて！　汚いやろ！　お腹壊したらどないするん！」

端整な顔には怒っているような、それでいて心配そうな、同時に泣き出しそうな表情が映っていた。切れ長の目許が赤い。見下ろしてくる双眸《そうぼう》も、わずかに赤かった。

泣いていたのかもしれない。

そう思うと、なぜか胸が強く痛んだ。今までの比ではないぐらい、息が、胸が苦しくなる。

切ないような痛みに促《うなが》され、夏海は思ったことをそのまま言葉にした。

「けどこれ、俺のパイやもん」

その言葉に、創吾は目を丸くする。両の手首をつかんでいた指の力が緩《ゆる》んだ。

「おまえが俺のために焼いてくれたパイやろ？　せやから、俺のや」

重ねて言って、夏海は再び箱の中に残っているパイに手を伸ばした。

が、途中で再び強く腕をつかまれる。かと思うと、抗《あらが》う間もなくぎゅっと抱きしめられた。

長い腕が全身をすっぽりと包み込む。

突然の出来事に驚いたものの、夏海はおとなしく創吾の腕の中にいた。

そういえば母が亡くなったばかりの頃、創吾は度々《たびたび》こうして抱きしめてくれた。

こんなにくっつくん、久しぶりや……。

「なっちゃん」

掠《かす》れた声で呼ばれた。

何、と応えた夏海の声も掠れた。

「あんな」

「うん」

「好きや」

切羽つまったような告白に、夏海は頷いた。

「知ってる」

「知ってへんよ」

間髪《かんはつ》を入れずに否定して、創吾は言葉を切ることなく続けた。

「ちっさい頃から好きで、凄《すご》く好きで。側におってもええて言うてもらえて、めちゃめちゃ嬉しかった。好きやからかまいたかったんや。側におりたかった。離れとうなかった」

創吾が一息にそこまで言ったとき、ワフ、とまるで咳払《せきばら》いをするように、クッキーが小さく鳴いた。

二人同時に、ハッとクッキーを見下ろす。

ここでそういうやりとりするんはまずいんとちゃう？　中入ったらどないや。

真っ黒な目が、そう言いたげに見上げてきた。アップルパイを食《た》べ損《そこ》ねたというのに機嫌を悪くした様子はなく、ふりふりと遠慮がちに尾を振っている。

「……ごめん、クッキー」

「パイはなっちゃんのやからあげれんけど、今度成犬《せいけん》用のおやつ持ってくるし、そんで許してな」

二人して幼なじみの黒い犬に頭を下げる。するとクッキーは、しゃあないなあという風に、再びワフ、と鳴いた。

べとべとになった手と口を洗面所で洗っていると、なっちゃん、と呼ばれた。

「砂とかついとったやろ。大丈夫？　気持ち悪いことない？」

頷いて水を止め、顔をあげる。間を置かず、サッとタオルが差し出された。

夏海は一瞬、固まった。

子供やないねんからかまうな、と言いかけた言葉を既《すんで》のところで飲み込む。

好きな人が相手やったら、その人が喜ぶようにしたげたいやんか。

ミズキの言葉を思い出しつつ、夏海はありがとう、と素直に礼を言ってタオルを受け取った。

すると、創吾はさも嬉しそうに笑う。

喜んでくれた、かな？

そう思うと、夏海も嬉しくなった。

「けどびっくりした。まさかなっちゃんが、あんな風に食べてくれるとは思わんかったから」

リビングへと移動しながら、創吾が言う。その足取りは軽い。

クッキーに促され、二人そろって創吾の家へ入った。彼の両親は今夜、帰りが遅いのだという。

「……悪かったな」

顔を拭《ふ》き拭き、夏海はぼそりと謝った。

「何が？」

「パイ。落としてしもて」

ええよ、と創吾は優しく微笑んだ。

「柔道部の皆が拾うん手伝《てつど》うてくれてん。そんときに殿村と関本から、なっちゃんが僕が言うた秘密のことを気にしてたって聞いた。あんな、秘密っていうのは」

「お菓子教室に通てたんやろ。アップルパイ習うために」

ソファに腰を下ろしながら言う。当然のように隣に座った創吾の切れ長の目が、また丸くなった。

「なっちゃん、知ってたん?」

「今日帰りにヨシカワさんに会《お》うたんや。そんときに聞いた。秘密にしてくれて言うてたんやろ」

ああ、と創吾は頷いた。かと思うと、眉間《みけん》に深い皺《しわ》が寄る。

「あの人、妙になっちゃんに馴れ馴れしいて嫌やったなあ」

「……それはおまえが俺のことを、彼女に散々話したからやろ」

「え、そないに話してへんで。僕はいつも通りにしゃべってただけや」

自覚ないんかい、と心中でツッコむ。「そないに話してへん」のに、「なっちゃんなっちゃん言いすぎじゃー」とツッコまれまくるはずがない。

夏海は思わずため息を落とした。

自覚、ないんやろな……。

創吾はそういうヤツなのだ。

「で？　何で急にアップルパイ作ろうなんて思たんや。しかも俺に秘密で」

斜めに見上げると、創吾は居住《いず》まいを正した。背筋をまっすぐに伸ばし、夏海をひたと見つめる。

「もうすぐ、記念日やから」

「記念日て、何の」

「なっちゃんが側におってもええて言うてくれた日」

ごく真面目な顔で言われて、夏海はぽかんと口を開けた。

確かに、初めてクッキーと遊んだあの日、そうちゃんでもええよ、と言った覚えがある。創吾も自分も半袖を着ていたような気がするから、夏の出来事だったのだろう。

しかし正確な日付までは全く覚えていなかった。

「僕、その日には毎年欠かさんと、なっちゃんの好きなもんをいっぱい作ることにしてん。なっちゃんいっつも旨《うま》い言うて全部食べてくれるから、今年も側におってええんやなて、その度《たび》に実感できた」

愛《いと》しげに細められた眼鏡の奥の切れ長の双眸を、夏海はまじまじと見返した。

確かに、小学校から中学校の間、平日だというのに創吾がわざわざ夕食を作りに来たことがあった。そのときは決まって、前日に下ごしらえをしておいたらしい材料を持ち込んで、こちらがびっくりするような豪華な料理を作ってくれた。普段から休みになるとよく料理を作ってくれていた創吾だが、初夏のその日は、特に気合が入っていたような気がする。

俺はただ、創吾が作ってくれた料理がほんまに旨かったから、旨いて言うただけや。

全部食べたのも、美味しかったからだ。それに残したら、せっかく作ってくれた創吾に悪いと思った。別に『記念日』を覚えていたわけではない。

けど、創吾は覚えてたんや……。

幼い夏海が深く考えずに口にした言葉を、ずっと大事にしてきたのだ。

そう思うと、胸の奥がじんと熱くなった。

「けどなっちゃん、僕と別々の高校行くのに平気そうやったから。なっちゃんの僕に対する気持ちは幼なじみの域を出んのやてわかって、落ち込んだ。でもよう考えたら、僕が一緒におりたいんやから、僕がなっちゃんと同じ学校に行ったらええ話で。そんで今まで以上になっちゃんに必要としてもらえるように、毎日弁当作って、送り迎えすることにしてん」

真剣な物言いに、いろいろ、かなりいろいろ間違《まちご》うてるぞ創吾、と夏海は心の内だけでツッこんだ。

夏海は創吾と対等になりたかったのだ。世話を焼く、焼かれるの関係は嫌だった。

しかし創吾は、夏海のそうした心情を全くわかっていなかったようだ。今もたぶん、わかっていない。

それでも、悪い気はしなかった。

くすぐったいような、やたらと照れくさいような、浮《うわ》ついた心地になる。

創吾と目を合わせているのが急に恥ずかしくなって、夏海は慌てて手元のタオルに視線を落とした。

一方の創吾は、夏海を見つめたままでいるようだった。額の辺りに優しい眼差しを感じる。

「一緒の学校に通えるようになったんはよかったけど、このままやったら、ただの幼なじみのまんまやろ。せやから記念日に思い切って告白することにしてん。プレゼントにはアップルパイを選んだ。僕が作ったもんの中でなっちゃんが美味しいないて言うたん、アップルパイだけやったから」

確かに、と夏海はうつむいたまま再び思う。

母が作ってくれていた料理を創吾が作って出してくれたとき、たとえあまり好みの味でなくても、夏海は文句を言うことなくたいらげた。卵焼き、ハンバーグ、グラタン、カレー、オムライス等々、どれも母の味とは違っていたけれど、創吾が一生懸命作ってくれたことはわかっていたから、それだけで満足だった。

ただ、アップルパイだけは特別だったのだ。

「あのときは、悪かった。せっかく作ってくれたのに……」

ぼそぼそ言うと、ううん、と創吾は穏やかに首を横に振る。

「あれは、僕が悪かったんや。見た目だけで上手に作れたて判断して、味見もせんとなっちゃんにとんでもない失敗作を食べさしてしもたんやから。なっちゃんに必要とされたいばっかりに、おばちゃんに対抗しようて焦った罰やな。僕がどんだけがんばったって、お母さんにかなうわけないのに」

珍しく自嘲《じちょう》する口調で言われて、夏海はそっと顔を上げた。

創吾は真剣な顔をしていた。迷うことなく見つめてくる切れ長の双眸には、はっきりと熱誠《ねっせい》が映し出されている。

今まで見たことがない強い視線を受けた途端、夏海の胸はズキリと痛んだ。

が、その痛みは今までの痛みとは少し違っていた。苦しいような感じよりも、甘いような切ない感じの方が勝《まさ》っている。ついでのように頬が熱くなってきて、夏海は慌てた。

うわ、もう、何で赤《あか》なんねん。

慌ててそらそうとした視線は、しかし、創吾の強い視線に縫《ぬ》いとめられた。

知らず知らずのうちに息を飲んだ夏海を、なっちゃん、と創吾が呼ぶ。その声はわずかに掠れていた。

「秘密て言うてから、なっちゃんの様子がおかしいなった。せやから、ひょっとしたら僕が告白しようとしてることに気付かれたんかもしれんて思たんや。ミズキさんと会うたときもいつもと違《ちご》たし、僕、何や焦ってしもて。そんで記念日にはまだ間があるけど、早いこと告白してしまうことにしてん。焼きたてを食べてほしかったから、昼からうちに帰って焼いたんや」

視線の強さとは裏腹の静かな口調で言った創吾は、一度夏海から目をそらし、大きく息を吐いた。

再びまっすぐこちらを見つめてきた漆黒《しっこく》の瞳は、想像していた以上に激しい熱を宿していた。

「僕は、世界で一番なっちゃんが好きや。この気持ちは、ちっさい頃からずっと変わらへん。なっちゃんのためやったら、何でもする。なっちゃんさえ側におってくれたら、何もいらん。それぐらい好きやねん」

かき口説《くど》く口調で言われて、夏海は言葉を失った。創吾はためらうことなく言葉を続ける。

「僕の全部をなっちゃんにあげる。せやから僕を、なっちゃんのものにしてください」

頭を下げた創吾を、夏海は見下ろした。痛い胸から熱いものが溢《あふ》れ出し、指先にまで浸透《しんとう》してゆくのを感じる。

今更や、と思う。

志望校まで夏海に合わせて、毎日迎えに来て、毎日弁当を作って、「なっちゃんに美味しいものを食べさせてあげるため」に料理部に入って。

おまえもう全部、俺にくれとるやないか。

それなのに、まだこれ以上何をくれるというのだろう。

全身にいきわたった熱に促されるように湧いてきた気持ちは、間違っても嫌悪ではなかった。弟扱いされていたのではなく、好きな相手をかまいたかっただけだとわかって嬉しい。好きなんやったらまあええわ、と納得する自分がいる。思い返してみれば、創吾がミズキと付き合っていないことがわかったときも、ただ安堵しただけではなかった。嬉しい気持ちも確かにあった。

創吾がかまうのは、俺だけ。

あれほどかまわれるのが嫌だったのに、そう思うと嬉しかったのだ。

あのときの自分は、創吾に対して明らかな独占欲を抱いていた。それに、さっき抱きしめられたときも少しも嫌ではなかった。

その証拠に今、頬が熱い。胸の奥もひどく熱い。

照れくさくていたたまれなくて、この場からすぐに逃げ出したいと思う一方で、創吾の側から離れたくないとも思う。

「創吾」

長い沈黙の末に呼ぶと、創吾はゆっくり顔をあげた。

とうの昔に見慣れた端整な顔は青ざめていた。目許だけがうっすらと赤い。

柔道の試合のときも高校受験のときも、こんな顔はしていなかった。ここまで緊張した創吾の顔を見るのは初めてだ。

「そないに、俺が好きか？」

冗談でも揶揄《やゆ》でもなく、本当に不思議に思って問う。

すると、創吾は大きく頷いた。

「好きや。めちゃめちゃ好き」

躊躇《ちゅうちょ》せず言い切った創吾に、夏海は怯んだ。顔中が真っ赤になっているのを感じながらも、すぐに重ねて尋ねる。

「どこが好きや」

「全部」

「ぜんぶて……」

鸚鵡返した夏海に、創吾はまた大きく頷いてみせた。

「全部やねん。具体的に言うと、まず、カワイイとこ。怒っても泣いてもカワイイけど、笑うともっとカワイイ。おっきめの前歯がめっちゃカワイイて好き。つやつやの大きい目が好き。僕より高めの、甘い感じのする声が好き。それから優しいとこが好きや。僕が好きで作ってるだけやのに、弁当食べた後、毎回きちんと礼言うてくれるし、アップルパイ、落ちてしもたのに食べてくれるし。女のコに優しいんはほどほどにしてもらいたいけど、そういうオトコマエなとこも好きで、それから」

「もうええ！」

延々と続けそうな創吾を、夏海は慌てて遮った。ただでさえ熱かった頬が燃えるようだ。今にも顔から火が出そうだった。たぶん、耳や首筋まで真っ赤になっているだろう。

「まだ全部言えてへんのやけど」

「もうええて言うてるやろが」

言い足りない様子の創吾をじろりとにらみつける。

今となっては、ここ数日ずっと続いていた、痛いような苦しいような気持ちが何であってもよかった。さっき感じた切ないような甘い感情が、何であってもかまわない。

創吾が側にいてくれる。しかも好きだと言ってくれる。一番だと言ってくれる。

それだけで充分だ。

あとはもう、何でもいい。どうでもいい。

夏海は大きく深呼吸した。

「……わかった、創吾」

まっすぐ向けられる視線を、横目でちらりと見返す。まともに見つめたら、今度こそ本当に顔から火が噴《ふ》き出るような気がした。

「おまえのこと、全部、俺がもろたる」

「なっちゃん！」

たちまち顔を輝かせた創吾に、ただし、と条件を出す。

「もういっぺん、アップルパイ焼いてくれたらな。さっきのも旨かったから、同じぐらい旨いやつが食いたい」

横を向いたまま殊更《ことさら》ぶっきらぼうに言い放つと、創吾はうん！　とさも嬉しそうに頷いた。


「なっちゃん、お疲れさま！」

脇目《わきめ》もふらず駆け寄ってきた創吾《そうご》に、夏海《なつみ》は眉を寄せた。

先輩たちは既に道場を後にしている。残っているのは一年生部員のみ。そこに現れる長身の男。

今までと何ひとつ変わらない、柔道部の練習後の風景だ。

「毎回毎回来んなて言うたやろ。ほんまにおまえは学習能力がないな」

「せやかてなっちゃん迎えに来んと、僕どこで何してても落ち着かんくて」

はいっと差し出されたタオルは、いつも通りの白さだ。創吾のもう片方の手には、冷えたスポーツドリンクが携《たずさ》えられている。

「おお、復活したんか深津《ふかつ》」

「懲《こ》りるっちゅうことを知らんやっちゃのう」

関本《せきもと》と殿村《とのむら》に声をかけられて、創吾はニッコリ笑った。

「僕はなっちゃん専用人間やから」

あーあーあーあー、と関本と殿村だけでなく、周囲にいた一年生部員全員から声があがる。

「まーだ言うとる。こないだのことで小田切《おだぎり》離れするか思《おも》たのに、全然あかんやないけ」

「俺らこれでも、もうちょっと小田切から離れたれて説教したんやで」

「効果なしかい」

野太い声で口々に言われて、夏海は苦笑した。

「世話かけて悪かったな。けど、こないだは俺が悪かったんや」

今日は金曜日。創吾のパイを落としてしまってから、四日が経過している。

夏海と創吾の日常は、一見したところ何も変わっていない。朝と放課後、創吾は欠かさず迎えに来るし、弁当も毎日作ってくる。なっちゃんという呼び方もそのままだ。夏海もまた、そんな創吾にくっつきすぎるなと怒り、かまいすぎるなと怒鳴る。

ただ、よく注意して聞いていれば、離れろとは言わなくなったことがわかったはずだ。また、創吾が持ってくるタオルを、文句を言いながらも受け取るようになったことも、以前とは違う。

「明日は僕、なっちゃん迎えに来れへんから、皆、なっちゃんのことよろしい頼みます」

自分が渡したタオルで汗を拭《ふ》く夏海を見つめ、創吾が言う。眼鏡の奥の切れ長の双眸は、実に幸せそうだ。

敢《あ》えて甘えてやるんも悪《わる》うないな、と夏海は思う。

「何で迎えに来れんのや。今度こそほんまにカノジョできたんか？」

興味津々《しんしん》の様子で尋ねた殿村に、創吾はいや、と首を横に振った。

「明日は特別な日やから、忙しいねん」

「特別って？」

「秘密」

サラリと答えた創吾を見て、関本が顔をしかめる。

「また秘密か。ええんか、小田切」

「ええんかて、何が」

「腹立たへんのか？」

「うん。まあ」

夏海は曖昧《あいまい》に頷いた。

腹は立たない。なぜなら創吾の秘密が何なのか、知っているからだ。

明日が、創吾いわく「なっちゃんが側《そば》におってもええて言うてくれた」記念日なのである。

その日に合わせて、創吾が改めてアップルパイを焼いてくれるのだ。パイだけでなく、夜には腕によりをかけた料理をふるまってくれるという。その下準備があるので、明日は迎えに来られない。

「小田切がそう言うんやったらええけど……。何や微妙にムカつくなあ。何でやろ」

関本がぶつぶつとこぼす。

それはたぶん、創吾がめちゃめちゃ幸せそうやからやろう……。

正々堂々と当てられて、良い気分になる人間はいない。

「あ、なっちゃん、ホコリついてる」

創吾の長い指が頭に伸びてきた。優しく髪を梳《す》かれる感触に、頬が熱くなる。

今までは子供扱いされているようで嫌だったその仕種《しぐさ》がひどく甘く感じられて、夏海は慌てて創吾の手を払った。

「コラ、べたべたすんな！」

「えー、これぐらいはべたべたて言わんやろ」

「うるさい、触んな言うてるやろ」

夏海と創吾のやりとりを聞いていた殿村が、うーん、とうなる。

「ほんまや。今までと同じやのに、何でか微妙にムカつく……」

何でやろ、と同じく微妙にむかついているらしい部員全員が首を傾《かし》げる中、夏海は創吾を見上げた。創吾も夏海を見下ろしてくる。

慌てて視線をそらした自分の頬が熱いままであることに気付いて、夏海は乱暴にタオルで汗を拭いた。そして唐突に自覚する。

痛くて苦しくて、落ち着かなくて。でもふわふわと気持ちがよくて、照れくさくて恥ずかしくて、いたたまれない。

この気持ちはたぶん、恋と呼ばれるものだ。

俺は、恋におちたんや。

「……！」

「わっ、なっちゃん、どないしたん！　髪の毛ぐしゃぐしゃになるで！」

今日、恋におちたので

この世には、小田切夏海《おだぎりなつみ》以上にかわいいものなどない。

深津創吾《ふかつそうご》がそう思い始めたのは、恐らく物心がつく前だ。

近所に住む、自分よりひとまわり小さな男の子。長い睫《まつげ》を従《したが》えた大きな双眸《そうぼう》とサラサラのこげ茶色の髪のせいで、幼い頃は女の子と間違えられることが多かった彼は、ふと気が付いたときにはもう側《そば》にいた。何をするにも一緒で、小さい夏海は創吾が行くところならどこへでも、トコトコ後をついてきた。立ち止まって手をつないでやると、実に嬉《うれ》しそうに笑った。

創吾は四月生まれ、夏海は翌年の三月生まれである。創吾の方が一年ほど先に生まれたとはいえ、二人は同じ学年だ。普通なら、甘えてこられると鬱陶《うっとう》しいとか、面倒《めんどう》くさいとか思うのかもしれないが、創吾はそうした感情とは無縁だった。とにかくもう、夏海の全てがかわいくてかわいくてたまらなかった。夢中だったと言ってもいいだろう。

それは二人が高校一年になった今も、少しも変わっていない。

厚くも薄くもない形のいい唇がアップルパイを頬《ほお》ばる様《さま》を、創吾はうっとり見つめた。

かわいい。物凄《ものすご》くかわいい。

ありえへんぐらいかわいい。

「コラ、創吾！」

テーブルの下の足を少々きつめに蹴《け》られて、創吾はハッと我に返った。正面に腰かけた夏海がじろりとにらみつけてくる。

場所は夏海の家のキッチンだ。冷房のきいた部屋の窓からは、梅雨明《つゆあ》けに相応《ふさわ》しい青い夏空が見える。

夏休み突入まで残り五日に迫《せま》った土曜日。焼き立てのアップルパイ持参《じさん》で訪《たず》ねると、夏海は、また来たんか、と言いつつも家にあげてくれた。何のかんのと文句は言うものの、夏海は拒絶しない。僕は愛されている、と思う至福《しふく》の瞬間である。

「ぼーっとしやがって。人の話聞いてるか？」

「聞いてるよ」

不機嫌そうな顔もかわいい。

性懲《しょうこ》りもなくそんなことを思いながら、創吾はニッコリ笑って頷いた。

「明日はおっちゃんと出かけるんやろ」

「そおや」

聞いとったんかい、とつぶやいて、夏海はアイスティーが入ったグラスに突き刺さっているストローをくわえた。ちらりと見えた大きめの二本の前歯が、どこかリスを思わせる。

「帰りは遅《おそ》なる予定やし、夕飯も食うてくると思うから、明日は来んでもええぞ」

「わかった。けどなっちゃん、おっちゃんと出かけるて珍しいなあ。おばちゃんのお墓参り？」

いや、と夏海は首を横に振る。そしてふいに悪戯《いたずら》っぽく笑った。

「明日はデートやねん」

思いもかけないことを言われて、創吾は一瞬固まった。

「……デート？」

「そお、デート」

「おっちゃん同伴で？」

そおや、と夏海はもっともらしく頷く。こちらの反応を窺《うかが》うように、キラキラと輝く瞳が見つめてくる。

何なんやろう、この考えられんぐらいのかわいさは……。

夏海本人は創吾をからかっているつもりなのだろうが、その様子があまりにかわいいので、つい頬が緩《ゆる》んでしまう。

「デートはありえへん」

笑み崩れつつ、創吾は言った。反対に、夏海は顔をしかめる。

「ありえへんて、何でやねん」

「やってなっちゃんの交遊関係は把握《はあく》してるもん。ありえへん」

自信たっぷりに言うと、夏海はムッとしたように細い眉を寄せた。

「うちのクラスのコとデートすんのやったら、おまえにはわからんかもしれんやろ」

「わかるよ。噂好きの殿村《とのむら》が、なっちゃんがデートするて聞いて黙ってるわけないやろ。それになっちゃんは、僕がおるのに他の人とデートなんかせえへん」

ニコニコと顔中を笑みにして言うと、夏海はひどい仏頂面《ぶっちょうづら》になった。小作りな顔は真っ赤だ。丸い頬だけでなく小さな耳もピンク色に染まっているのを見て、あ、めっちゃかわいい、などとまた思ってしまう。

「あーもう、うるさい、そういうことをいちいち言うな」

「けどほんまのことやし」

夏海は人を裏切るようなことは決してしない。自分の言葉に責任を持つ。彼のそうした一徹《いってつ》なところも、創吾は大好きだ。

「なっちゃん、僕にヤキモチ焼いてほしかったんやろ。安心してええよ、僕はなっちゃん一筋やから」

うるさい！　と再び怒鳴った夏海は、ふいと視線をそらした。その頬も耳もまだ赤い。

「デートは嘘やない。ただ、すんのは俺やのうて親父やけどな」

ぶっきらぼうに言われて、創吾は瞬《まばた》きをした。老舗《しにせ》のデパートに勤める夏海の父親の顔が脳《のう》裏《り》に浮かぶ。

母親似の夏海とは全く似ていないが、若い頃はさぞもてただろうと思わせるハンサムな顔つきだ。スラリと背も高く、四十代半ばの今もかなり『イイ男』の部類に入るだろう。

「おっちゃんがなっちゃんとデートするんか？」

羨《うらや》ましい。てゆうか父親やからってズルイ。僕かてまだなっちゃんとちゃんとデートしたことないのに。

そう思いつつ問うと、二切れめのアップルパイに手を伸ばしていた夏海は、違う！　と間髪を入れずにかみついた。そしてあきれたようにこちらを見上げてくる。

「何で親父と俺がデートなんかせなあかんねん。相手は親父の恋人や」

「恋人」

鸚鵡返《おうむがえ》しした創吾に、ん、と夏海は頷く。

「半年ぐらい前に知《し》り合《お》うた人なんやて。いずれは再婚するつもりでおるらしい。明日のデートは俺だけやのうて、その恋人の子供も同伴するみたいや」

淡々と言われて、創吾はじっと夏海を見つめた。

夏海がこういう言い方をするときは、感情を押し殺していることが多いのだ。

幼い頃の夏海は辛《つら》かったり悲しかったりすると、よく泣いて感情を表に出していた。しかしいつの頃からか、滅多《めった》なことでは泣かなくなってしまった。それどころか、感情を表に出さないように押さえつけることが多くなったように思う。そのことが逆に、心配になるときがある。

なっちゃんはおっちゃんの恋人のこと、ほんまはどない思《おも》てるんやろ。

「なっちゃんはそんでええんか？」

覗《のぞ》き込むようにして問うと、夏海はパク、とパイを頬ばりつつ首を傾《かし》げた。

「そんでって？」

「おっちゃんが再婚しはってもええの？」

「親父がその人のこと好きやて言うのに、俺がどうこう言う義理ちゃうやろ」

「けど相手の人、なっちゃんのお母さんになるんやろ？」

夏海が四歳のときに交通事故で亡くなった彼の母親のことを、創吾はよく覚えている。柔らかな雰囲気を持つ、おっとりした優しい人だった。よく言えば豪快《ごうかい》、悪く言えば大雑把《おおざっぱ》な自分の母親とは全く違っていた。

妙な話だと言われるかもしれないが、夏海の母親は幼い創吾の目標であり、羨望《せんぼう》の的《まと》だった。母親だから当たり前といえば当たり前だが、夏海は彼女にべったりだったのだ。

確か三つか四つの頃だったと思う。母親と二人で買い物に出かける夏海を見かけた。夏海は彼女のフレアスカートにまとわりついていた。抱き上げてもらうと、花が咲いたように笑った。その笑顔は創吾に向けられるものとは違って、絶対の信頼と安心に満ちたものだった。ボクもあんな風になっちゃんに甘えてもらえるようになりたい、と当時の創吾は本気で彼女を羨んだものだ。

「おっちゃんに遠慮して言いたいこと言えてへんとか、そういうことない？」

見つめたまま問うと、夏海はなぜかひどく嬉しそうに笑った。貝殻《かいがら》のような白い前歯が、ちら、と唇から覗く。

あ、めちゃめちゃかわいい。

刹那《せつな》、ドキ、と心臓が跳ねた。思わず胸の辺りのシャツをつかむ。

一方の夏海は、創吾のその仕種《しぐさ》を不審に思わなかったらしい。ゆっくりと言葉を紡《つむ》ぐ。

「親父、博子《ひろこ》さん、て親父の恋人の名前な。俺にその博子さんの話したとき、嬉しそうな反面、後ろめたそうにもしてん。俺に気ぃ遣《つこ》てるだけやのうて、母さんにも遠慮があるみたいなんや。そういうの見てて、親父が母さんのこと忘れたわけやないてわかった。それでも博子さんのこと好きな気持ちは消せへんのやってことも伝わってきて。母さん死んで十年以上経つし、俺ももう高校生やし、今までずっと父子家庭でがんばってきたんやから、ええかなって思てん」

穏やかな口調にも表情にも、暗い陰は見えない。そのことに安堵して、そっか、と頷く。ただし、シャツの下の心臓はドキドキと高鳴ったままだ。

「もしママハハに苛《いじ》められたら、すぐ僕に言うんやで。どんなことがあっても僕はなっちゃんの味方やから、僕がこらしめたる」

本気九割九分九厘《くぶくりん》、冗談一厘で言うと、夏海はまた嬉しそうに笑った。

「アホか。親父が再婚するとしても、まだ先の話やぞ」

屈託《くったく》のない笑顔に、再びドキ、と心臓が高鳴る。

好きだと告白して以来、夏海は少し変わった。以前はしょっちゅう怒鳴っていたけれど、告白してからはあまり怒鳴らなくなったのだ。怒鳴る夏海ももちろんかわいいが、怒鳴られるよりは怒鳴られない方がいい。その点でも、告白してよかったとしみじみ思う。

そしてまた、今のように時折ひどく無防備な表情を見せるようにもなった。その表情が創吾の心臓をいちいち直撃する。かわいくてたまらないのは昔からだが、ただかわいいなあ、とうっとりするだけでは収まらない衝動が突き上げてくるのだ。

端的《たんてき》に言ってしまえば、触りたい。

エナメルを塗《ぬ》ったような白い前歯を、舌先で撫でてみたい。半袖のTシャツの袖口《そでぐち》や襟元《えりもと》から覗く、日に焼けた肌に口づけてみたい。ハーフパンツから伸びた小麦色の足の、滑《なめ》らかなふくらはぎに触れてみたい。

が、もちろんそんな衝動は表には出さない。

長い付き合いとはいえ、おまえのこともろたる、と夏海が言ってくれてから、まだ一ヵ月半である。今まで大事に大事にしてきた夏海だ。これからも大事にしたい。

「そしたら月曜の弁当は、なっちゃんの好きなトーストサンドにするし、楽しみにしててな」

明るい口調で言うと、夏海は、ん、と嬉しそうに頷いた。

またしても心臓を直撃されて、創吾は心の内だけでジタバタと暴《あば》れた。

夏海の家を出て自宅に戻ったのは、八時をすぎた頃だった。

両親はまだ帰宅していない。今日は二人とも土曜出勤の上に残業があるとかで、遅くなると言っていた。

いつものことだから、寂しいとも気楽だとも思わない。そもそも創吾は昔から、夏海の側にさえいられれば、他のことは何がどうなろうと全く気にしない性質だったのだ。

今日の夕食は夏海の好物であるオムライスを作った。鶏肉《とりにく》とタマネギが入ったそれを、夏海は豪快に食べ切ってくれた。小柄《こがら》で華奢《きゃしゃ》だが、彼はよく食べる。そうしてパクパクと勢いよく食べている夏海を見るのも、創吾は好きだ。

今日もかわいかったなあ、なっちゃん……。

キッチンにある風呂の給湯スイッチを押した後、とりあえず自室に戻った創吾は、満足のため息を落とした。冷房を入れたばかりの部屋はまだ蒸し暑かったけれど、不快には感じない。夏海の側にいられるのなら、きっとどんな悪条件の場所でも不快に感じないだろうと思う。

夏海が自分にとって特別な存在であることを、創吾は早くから自覚していた。何しろ今日までずっと、夏海以外の人にも物にも一切興味が湧《わ》かなかったのだ。自覚せざるをえない。

だから幼い頃、側にいてもいいと夏海に言われたときは、飛び上がるほど嬉しかった。たとえ近所の犬と同列に扱《あつか》われていようとも、そんなことは問題ではなかった。夏海の母親が亡くなったとき、既に一生なっちゃんを守っていこうと決意していたから筋金《すじがね》入りである。

夏海のために料理を作ることを決めたのも、彼を一生守っていく決意の一環《いっかん》だった。夏海にはずっと元気でいてもらいたい。健康な体を作るためには、毎日の食事が大切だと考えたのだ。

そんな風に、創吾の思考の中心には常に夏海がいた。

創吾は世間でいうところの文武両道だった。加えて容姿端麗《ようしたんれい》とくれば、傲慢《ごうまん》になったり、世の中をなめたりするのが普通なのかもしれない。けれど、勉強ができようが、スポーツができようが、見た目が良かろうが、創吾自身はどうでもよかった。

なっちゃんに好きになってもらわなければ、何ができようが、優《すぐ》れていようが、誰に褒《ほ》められようが、意味がない。ずっとそう思ってきた。

そんな創吾だったから、高校を選ぶとき、教師たちがよってたかって勧《すす》めてきた名門校にも全く興味が湧かなかった。どんなに有名な学校へ進学したところで、そこに夏海がいないのなら意味がないと思ったのだ。

なっちゃんも、僕と一緒がええて言うてくれるはずや。

今までずっと一緒だったのだから、当然、これからも一緒だと思っていた。

しかし、肝心の夏海はそうは思っていなかった。

夏海が同じ気持ちではいてくれないのだと思い知らされたのは、進路の話をしたときである。夏海は、どうせおまえとは別々の高校になるしな、とこともなげに言った。自分と離れることを全く苦《く》にしていない様子に、創吾は少なからず衝撃を受けた。

僕がなっちゃんを好きなようには、なっちゃんは僕を好きやないんや。僕にはなっちゃんが全てやのに、なっちゃんはそうやない。

創吾は本気で焦《あせ》った。このままでは夏海が離れていってしまう。

何としても、なっちゃんに必要とされる人間にならなければ。

高校へ入学してから、創吾はそれまで以上に夏海の世話を焼いた。毎日弁当を作り、毎日送り迎えをした。料理の腕をあげるために、料理部にも入った。

入学してしばらくの間は、夏海の態度が中学の頃より冷たいような気がしないでもなかったが、持ち前の超がつくほどのプラス思考は、なっちゃんは照れてるんや、という結論を導き出した。夏海は文句を言いながらも毎日きっちり弁当を食べてくれたし、旨《うま》いとも言ってくれた。それに一緒に登下校もしてくれていたのだ。怒鳴ったり文句を言ったりするのは、照れ隠しとしか考えられなかった。

とりあえず、高校の間も側におってええみたいや。

ひとまず安心した創吾だったが、このままやったらあかん、とまた焦りを覚え始めた。今のままでは、仲のいい幼なじみの域を出ないことに気付いたのだ。

それでは困る。もっともっと特別になりたい。

どうすればいいか必死で考えた末、夏海が側にいてもいいと言ってくれた記念日に、彼の好物であるアップルパイを焼くことにした。そして告白することにしたのだ。

そうして一大決心をして告白した結果、おまえのこと全部もろたる、と夏海が言ってくれたのは一月半ほど前のことである。幼い頃、側にいてもいいと言われたときも嬉しかったが、そのときはもっとずっと嬉しかった。

僕はなっちゃんのもんなんや。

夏海は、自分のものはとても大事にする。彼と長い付き合いである創吾は、そのことをよく知っている。

キスしたいとか触りたいとか、いろいろあるけれど、焦ることはない。夏海のものになった今はもう、気がねなく側にいられるのだから。

……とはいうても、いろいろ想像はしてしまうんやけどな。

ベッドに腰かけた創吾は、はー、とため息を落とした。今度は満足のため息ではなく、幾分《いくぶん》か切ないため息だ。

気がねなく側にいられるからこそ、想像はよりたくましくなる。

最近、本格的に暑くなってきたせいで、夏海は薄着をするようになった。これが目の毒なのだ。つい先日も、夏海が伸びをした拍子《ひょうし》にタンクトップの裾《すそ》からすっきりとした腹と、その中央にある小さな臍《へそ》がちらりと見えて、危うくその場で催《もよお》しそうになった。臍の下の部分を含めた、彼の全裸を想像してしまったことは言うまでもない。

幼い頃はよく一緒に風呂に入ったけれど、それも小学校の低学年までだった。その後は狭いからという理由で一緒に入ったことはない。だから夏海の裸は子供の頃に見たきりだ。

なっちゃんのハダカ、か……。

ベッドに腰かけた創吾は、ぼんやり想像した。

今、彼の体はどんな風に成長しているのだろうか。華奢とはいえ、夏海も十五歳だ。中学の頃、プールで見た体よりは筋肉がついただろう。高校のプールは修理中で、水泳の授業はない。だから実際には見ていないけれど、大人の体に近付いているに違いない。柔道で鍛《きた》えているから、腹だけでなく、腿《もも》も尻もきっと、きゅっとひきしまっている。

小麦色の肌が形作るそれらを頭に思い描いて、創吾はハッと我に返った。慌てて強く頭を振る。

いかんいかん。ストップ。やめやめ。

これ以上想像すると、間違いなく自慰《じい》をしなければならなくなる。実際、ここ一月ほどの間、何度か夏海の裸を想像して事に及んだことがあるのだ。男同士のセックスに関する知識を雑誌やインターネットで仕入れてから、その想像はエスカレートするばかりである。

せやから今更やし、別にしてもええんやけど。てゆうかせんと溜《た》まってしもて、実物のなっちゃんを前にしたときいろいろやばいんやけど。

両親がいつ帰ってくるかわからない今は、まずい。

はー、と創吾は再びため息を落とした。

なっちゃんの側にいられて物凄《ものすご》く幸せやけど、ちょっとだけ辛い……。

夏海に触れられるのは、いったいいつになるのだろう。三ヵ月、では早いだろうか。では半年。もしくは一年。あるいはそれ以上。

……それ以上なんて絶対無理や。

もって半年といったところか。

己《おのれ》が我慢強いのかそうではないのか、いまいち判断できなくて眉を寄せたそのとき、ピンポンピンポンピンポン！　と連続でチャイムが鳴った。我知らず、ぎくりと全身が強張る。

創吾ー！　開けてー！　と呼ぶ声が窓から聞こえてきて、創吾はもう一度ため息を落とした。

母の声だ。

どうやら鍵を持って出なかったらしい。あるいはなくしたのか。

どっちにしても電話してくるとかやのうて、直接叫ぶとこがオカンらしい、と思っていると、
創吾ー！　とまた呼ぶ声がした。

とにかく、玄関を開けてやらねばならないようだ。

やめといて正解やった、と心底思いつつ、創吾は立ち上がった。

玄関のドアを開けると、母が立っていた。

あたふたと鞄《かばん》を探っていた彼女は、開口一番《かいこういちばん》言った。

「鍵がどっかいってしもた！」

「……どっかてどこやねん」

とりあえずツッこんでから、おかえり、と声をかける。ただいま、と律儀《りちぎ》に返しながらも、母はまた鞄の中を探り出した。

「ここに入れたはずなんやけど、ないねん」

創吾の母親は地元の企業で経理の仕事をしている。れっきとした正社員だ。こんな慌てもんが経理て会社大丈夫か、と思うこともしばしばである。

「まあとにかく中入りぃや。そんなとこで探してても暗《くろ》うてようわからんやろ」

母は、うんと頷きながらも、おかしいなあ、どこいってんやろ、とぶつぶつぶやく。

先に家へあがった創吾は、リビングに入って明かりをつけた。暑いので、ついでにクーラーのスイッチも押す。

そうしている間に、母もリビングに到着した。まだ鞄の中を探っている。

「ほんまにここに入れたはずやねん」

「オカン、晩飯は？」

「あ、食べてきたから大丈夫。あれー、ほんまないわ。マジでどこいってんやろ」

放っておくと鞄の中身を全部床にぶちまけそうな彼女に、創吾はため息を落とした。

「ポケットは？　こないだポケットに入れとったやろ」

水でも飲もうとキッチンに入りつつ言うと、ゆったりとしたパンツスーツを着ていた母は、あっと声をあげた。そして慌ててポケットに手を入れる。

「あった！」

さも嬉しそうに見つけた鍵をかざす彼女に、あ、そう、と創吾は無感動に頷いた。この手の騒ぎは日常茶飯事なのだ。いちいち付き合っていられない。

よかったよかった、と素直に喜んでいる母親を振り返る。

「もうじき風呂入ると思うし、先入ってくれてええよ」

「あんたご飯は？　なっちゃんと食べてきたん？」

ああ、と頷くと、ふうん、と母も頷いた。

「ちなみにメニューは？」

「オムライス」

「なっちゃんの好物やね」

どっかとソファに腰をおろした彼女は、おもしろそうにキッチンにいる息子を見遣《みや》った。

「あんたは不妊治療せなあかんかなあってお父さんと相談してたときに授《さず》かって、しかも予定日より一週間も遅れて生まれてきて、その上、陣痛《じんつう》始まってからものごっつ時間経ってからしか生まれてこんで、そんで四千グラムもあったからねえ」

「……何の話やねん」

冷蔵庫からミネラルウォーターを取り出しながらツッこむ。

「わたしもねえ、いろいろ悩んだ時期もあったのよ。マジで」

マジで、というのが母の最近のブームらしい。きっと職場で若い同僚が使っているのだろう。

「あんた、なっちゃんがおらんときはテンション低うて無表情無感動で、ちっちゃい頃からなっちゃんにしか興味ないの見え見えやったしな。英才教育したわけでもないのにめちゃめちゃ頭ええわ、運動できるわモデルばりにカッコええわ、ほんまにわたしとお父さんの子ぉかいなって感じで気持ち悪かったから、どっかおかしいとこがあってちょうどええんかなあって思うようになったわけよ」

気持ち悪いて……。しかもおかしいて……。

母の言葉を心の内だけで鸚鵡返《おうむがえ》しして、創吾は冷蔵庫の前で脱力した。

自分も変わっているかもしれないが、母も相当変わっていると思う。普通、息子の成績が良かったり、運動能力が優《すぐ》れていたりしたら、喜ぶのではないだろうか。創吾が教師に受験を勧められた名門校を蹴って、夏海と同じ高校を受験すると言ったときも、彼女は、あ、そう、と簡単に頷いた。そして、あんたやっぱりなっちゃんと一緒んとこに行くねんなあ、と笑った。

「あんたが道を踏み外さんと普通の生活できてるんは、なっちゃんのおかげやと思うねん。せやから小田切さんとこには足向けて寝れん。なっちゃんにはほんま申し訳ないけど、あんたの親としてはありがたいことや」

「オカン」

眼鏡越しにこめかみを押さえ、創吾は母親の話を遮《さえぎ》った。

「何が言いたいねん」

リビングのソファに座った母は、珍しく真剣な顔になった。

「無理《むり》強《じ》いはしなや、創吾。あんたにはなっちゃんが必要でも、なっちゃんはそうやないかもしれん。人間、引き際が大事やで」

「……僕に引け言うんか？」

いや、と母は真顔のまま首を横に振った。

「あんたのことや、引け言うたかて引けんやろ。ただ、あんたもなっちゃんももう高校生や。これから先、いろんな環境の変化があるやろう。今までと同じようにはいかんこともある。それをよう肝《きも》に銘《めい》じとくことやな」

創吾は一瞬、言葉につまった。

環境の変化。

それは確かに訪《おとず》れている。

夏海の父親が再婚すれば、夏海には新しい母親ができるのだ。相手にも子供がいると言っていたから、兄弟もできる。夏海は彼らと同居することになるかもしれない。夏海の家で二人きりになることは、できなくなるかもしれない。

とはいうても、僕んちやったらいつでも二人きりになれるけどな。

何しろ、自分は既に夏海のものなのだ。

「ご忠告、どうもありがとう」

笑みを浮かべて言うと、母は肩をすくめた。

「まあ親の老婆心《ろうばしん》ちゅうやつや。てあれ？　親が老婆心てヘンかな？」

母が首を傾《かし》げたとき、ただいまー、と玄関で父の声がした。おかえり、と母と共に返すと、ほどなくしてリビングのドアが開く。

額の汗を拭《ふ》き拭《ふ》き入ってきたのは、もやしもかくやという細い体型の父親である。

確かに創吾は、父にも小太りな母にも全く似ていない。似ていないといえば、親戚の誰にも似ていないのだ。唯一、父の実家の仏間《ぶつま》に飾ってある亡き曾祖父《そうそふ》の写真に似ているだけである。

「おー、中は涼しいな。お母さんも帰ってたんか」

「ついさっき帰ってきてん。お父さん、ご飯は？」

「食べてきた」

のんびりと答えた父親は、創吾を振り返った。

「創吾は夏海君と一緒に食べてきたんか？」

うんと頷くと、ハッハッと父は鷹揚《おうよう》に笑う。

「おまえはほんまに夏海君が好きやなあ。昔から夏海君にしか興味なかったもんなあ」

母に言われたことと全く同じことをのほほんとした口調で言われて、創吾は苦笑した。外見も性格も正反対なようでいて、この夫婦は根本がよく似ているのだ。

僕が心おきなくなっちゃんのことを考えてられるんは、半分ぐらいはこの人らのおかげかもしれん。

「オカンもオトンも水飲むか？」

「おー、もらおか」

「わたしもちょうだい。喉《のど》カラカラや」

自然とサービスがよくなる自分を感じながら、創吾はグラスを三つ、キッチンに並べた。


月曜日の朝。創吾《そうご》はいつも通り五時に起きて、夏海《なつみ》の弁当を作った。土曜日に話していた通り、メニューはトーストサンドである。栄養面も考えて、もちろんサラダも忘れない。

毎日作るんは大変やろうから、週に一回ぐらいでええぞ。

好きだと告白してから少しして、夏海はそう言ってくれた。その優しさに感動した創吾が、輪をかけて彼を好きになったことは言うまでもない。そもそも、創吾にとって夏海の弁当作りは少しも大変ではないのだ。むしろ楽しくて仕方がない。

なっちゃんに食べてもらえるて思うだけで幸せやし。

足取りも軽く、夏海の家へ向かう。朝とはいえ日差しはきつかったが、少しも気にならない。足音を聞きつけたのか、斜《なな》め向かい側の植野《うえの》家の門から黒い犬が顔を覗《のぞ》かせた。幼なじみのクッキーだ。おはよう、と言うかわりに軽く手を振ると、クッキーもふりふりと尾を振る。

夏海がこのラブラドールレトリバーに似た雑種《ざっしゅ》の犬を殊《こと》の外《ほか》かわいがるので、創吾は当初、彼があまり好きではなかった。利口《りこう》なクッキーは創吾のそうした感情に気付いたらしい。夏海に撫《な》でてもらっている最中、嬉《うれ》しそうにしながらも、ボク犬やさかい堪忍《かんにん》やで、とでも言いたげに申し訳なさそうな視線を向けてくるようになった。今では、創吾は彼を自分の良き理解者と認識している。

クッキーに見守られながら門の前にたどり着いた創吾は、チャイムを押した。インターフォンの返事は待たない。なぜなら、夏海はいつも返事をせずに直接玄関から出てくるからだ。

ああ、今日もなっちゃんと一緒に登校できる……。

幸せをかみしめていると、ドアの向こうから賑《にぎ》やかな声が聞こえてきた。夏海の声だけでなく、知らない声もする。夏海お兄ちゃん、と呼んでいるのは甲高《かんだか》い子供の声だ。

「また遊びにきてくれたらええから」

そんな言葉と共にドアを開けた夏海は、創吾を認めて照れくさそうに、でも嬉しそうに笑った。今まであまり見たことがないその笑顔に、胸がじんと熱くなる。

うわ、めっちゃかわいい。

などと思っていると、夏海の後ろから子供が飛び出してきた。

まだ小さい女の子だ。年は四、五歳といったところか。水色の涼やかなワンピースを着ている。

何でなっちゃんちから女の子が……？

半ば《なか》呆気《あっけ》にとられていると、彼女は夏海の腕を引っ張った。

「ほんま？　ほんまにまた遊んでくれる？」

「もちろん」

「約束やで。絶対、また遊んでや」

「うん。約束や」

夏海の腕にしがみつく子供を、コラ！　と叱《しか》る声がした。三十代前半とみられる女性が玄関口に降りてくる。スラリと背が高い。ショートカットが似合うなかなかの美人だ。

「葵《あおい》、ええ加減にしなさい。夏海君にご迷惑でしょ。ごめんなさいね、夏海君」

恐縮《きょうしゅく》した様子の彼女に、いえ、と夏海は笑顔で首を横に振る。かと思うと、その場にしゃがみ込んだ。女の子と目線の高さを同じにして、ニッコリと笑う。

「葵ちゃん、もう夏休みやろ。また遊びにおいで」

頭を撫でられた少女は、さも嬉しそうに大きく頷いた。それを確認して立ち上がった夏海は、女性に会釈《えしゃく》した後、バイバイと女の子に手を振る。すると、バイバーイ、と大きな応《こた》えが返ってきた。

「お待たせ、ごめんな」

駆け寄ってきた夏海に声をかけられて、創吾はハッと我に返った。そしてムッとした。なっちゃんの家から出てくるなんて、ナニモノやあの二人。

「親父の恋人とその子供や」

創吾が質問する前に、夏海が小声で言う。横顔に視線を感じてちらりと玄関口を見遣《みや》ると、先ほどの女の子がじっとこちらを見ていた。目が合った途端、なぜか恥ずかしそうに笑う。女性にも軽く頭を下げられて、創吾は夏海の手前、二人に愛想笑いと会釈を返した。しかしすぐさま夏海に向き直り、小さい声で尋《たず》ねる。

「昨日、泊まらはったんか？」

「うん。葵ちゃんが俺と一緒におりたいて離れんかってん。そんで親父がうちに泊まったらええって言うて」

歩き出しながら何でもないことのように言う夏海に、慌てて追いつく。

「昨日初めて会《お》うてんやろ？　それやのにえらい急やな」

「お母さんの再婚相手とうまいことやらなあかんて、あのコなりに俺と親父に気ぃ遣《つこ》てんのやろ。小さいのに偉いで」

あっさり言われて、それは違うのでは、と創吾は思う。

純粋になっちゃんと一緒におりたい感じやった。

夏海はかわいいし、優しい。彼女にとってきっと、理想以上の『お兄ちゃん』であったに違いない。

「なっちゃんは？」

「俺が何や」

「なっちゃんはあの人らのこと、どう思《おも》た？」

「どうって」

言いかけた夏海は、見送りに出てきたクッキーに気付いた。先ほど創吾がしたように軽く手を振ってから、改めて答える。

「どうって、まあええんとちゃう？　博子《ひろこ》さんは母さんとはタイプがちゃうけど、はきはきしてはって気持ちええし。葵ちゃんも素直なええコやし」

またしても至極《しごく》あっさり言われて、創吾は再びムッとした。

夏海が他人を自分のテリトリーに簡単に入れてしまったようで、気に食わない。そもそも、夏海の家に自分の知らない人間が入り込んでいること自体がおもしろくなかった。

赤の他人である自分に、どうこう言う権利などないとわかっている。けれどあの家は、夏海と二人でたくさんの時間をすごした家なのだ。そこに知らない人間が出入りするのは、正直、あまりいい気分ではない。しかも彼らはこの先ずっと、夏海の家に住むことになるかもしれないのである。

「おいコラ。何でおまえがムッとしてんねん」

腕を叩かれて、創吾はうーんとうなった。

「頭で考えてんのと実際とでは、いろいろちゃうなあ思て」

「はあ？　何のことや」

意味がわからない、という風に眉を寄せた夏海に、うんと頷いてみせる。

夏海の父親が再婚すれば、その再婚相手の家族と夏海が同居するかもしれないと予測はしていた。

けれど、それで何が変わるわけでもない。二人きりになりたければ、自分の家へ行けばいいと単純に考えていた。

「何かなあ、あの人らになっちゃんを取られるような気ぃするねん」

正直な気持ちを言葉にすると、夏海はわずかに赤面した。かと思うと、照れたように視線をそらしてしまう。

あ、何？　このやたらかわいい反応。

いつもの夏海なら、何言うてんねん！　と怒鳴るところだ。

怒鳴るなっちゃんもかわいいけど、今日は更にめちゃめちゃかわいいような……。

思わず見惚《みと》れていると、夏海はぼそぼそとつぶやいた。

「再婚すんのは親父やぞ。俺には関係ない」

「けど、おっちゃんが再婚したら、あの人らと家族になるんやろ」

「そらそうやけど……」

「なっちゃん」

創吾は立ち止まった。夏海もつられるように立ち止まる。朝日を受けて眩《まぶ》しげに細められたこげ茶色の双眸《そうぼう》を見下ろし、創吾は真剣に言った。

「これから日曜は、てゆうかもうすぐ夏休みやから夏休みの間は、僕んちでご飯食べよう」

「……何でやねん」

「僕んちやと、オトンとオカンが帰ってこん限り邪魔が入らんから」

帰ってきたとしても、あの二人なら夏海と自分の邪魔はしないはずだ。

そう思って言うと、夏海はぎゅっと眉を寄せた。

「邪魔が入ったらあかんのか？」

「あかんよ。僕はなっちゃんと二人きりでおりたいんやから」

ふうん、と夏海は首を傾《かし》げる。その頬は、やはりわずかに赤かった。サラ、と揺れた髪から柑橘《かんきつ》系の爽《さわ》やかな香りがする。

わ、と心の内だけで創吾は声をあげた。いつもと同じにおいであるはずなのに、なぜかやけにいい香りに思えたのだ。否応《いやおう》なしに鼓動《こどう》が高鳴る。

そんな創吾の変化に気付いているのかいないのか、夏海は頬を染《そ》めたままぶっきらぼうに尋ねてきた。

「何で二人きりでおりたいんや」

「何でって、そらなっちゃんが好きやからに決まってるやんか」

ためらうことなく自信満々で答える。

ふうん、と夏海はまた首を傾げた。かと思うと、なぜかふいと横を向いてしまう。その拍子《ひょうし》に首筋から鎖骨《さこつ》にかけてのラインが露《あらわ》になって、創吾の心臓はまたしても大きく跳ね上がった。

頬だけでなく、その滑《なめ》らかなラインもうっすら上気《じょうき》している。ほんのりと色づいた小麦色の肌から目を離せない。

……何やこう、今日のなっちゃんはかわいいだけやのうて、やけに色っぽいような……。

「あの、なっちゃん？」

「何」

「昨日、何かあった？」

「何かって何」

風情《ふぜい》はとても色っぽくてかわいいのに、問い返してきた口調はひどく無愛想《ぶあいそう》だった。そのギャップがまた、夏海をより艶《つや》やかに見せる。

「何って……」

創吾は言葉につまった。

それを聞きたいのはこっちだ。何もなくて、ここまで色っぽく変わるものなのだろうか。

魅入《みい》られたようにじっと見下ろしていると、夏海は視線をそらしたまま言った。

「別に、何もない。親父と博子さんと葵ちゃんの四人で遊園地で遊んで、その後デパートで買いもんして夕飯食うて、うちに帰ってきただけや」

怒った口調で言い終えると同時に、夏海は創吾を見もせず、さっさと歩き出した。

「あ、待ってなっちゃん」

慌てて後を追いかける。

創吾は最近になってようやく、自分の言動が夏海を怒らせる原因になりうることを知った。

ただ夏海が好きで、大好きでたまらなくて起こした行動が、当の夏海を不機嫌にさせてしまうことがあると学んだのだ。

また何か怒らせるようなことをしてしもたんやろか。

横に並び、なっちゃん、ともう一度呼ぶと、夏海は横目で見上げてきた。創吾はニッコリ笑みを浮かべてみせる。

「一昨日《おととい》言うてた通り、今日はなっちゃんの好きなトーストサンドにしたから。前になっちゃんが美味《おい》しいて言うてくれた、ベーコンとタマネギとマッシュルームを炒《いた》めた具多めにしといたし、お昼、楽しみにしててな」

「……………」

明るい口調で言うと、なぜか夏海は口をへの字に曲げた。もともと眉間《みけん》に皺《しわ》が寄っていたので、かなり不機嫌な顔になる。

え、何、何で？

好きだと告白する前は、照れていたのだろう、作ってくるなとよく怒鳴られたものだ。しかし最近の夏海は、毎日作らんでええと言いつつも、嬉しそうに弁当を受け取ってくれることが多くなった。照れて怒鳴るなっちゃんもかわいいけど、嬉しそうにしてくれるんはもっとかわいい、などと思っていたところだったのだ。

やっぱり僕、何か怒らせるようなことしたんやろか？

「なっちゃん、トーストサンド嫌いやった？」

メニューが悪かったのかと思って尋ねる。夏海は眉間に皺を寄せたまま、じろりとにらみつけてきた。

「おまえ、何かっちゅうとすぐそうやって俺の好物出してくるやろ。どういうつもりやねん」

「どういうって、そらなっちゃんに喜んでもらいたいから」

「それだけか？」

「それだけやけど……」

ふうん、と頷いた夏海は、またぷいと視線をそらした。その頬はもう赤くはない。

うわ、やっぱりなっちゃん怒ってる。

「あの、なっちゃん？」

恐る恐る呼びかけると、夏海は、何、とぶっきらぼうに答える。

「ベーコンとタマネギとマッシュルームの具、嫌いやった？」

他に理由が思いつかなくて、もう一度そんな風に問う。

すると、夏海は軽く息を吐いた。そして首を横に振る。

「いや。好きや。ありがとう」

ようやくわずかに表情を緩《ゆる》めた夏海に、創吾は内心ほっとした。

せっかく夏海のものにしてもらったのだ。怒らせたくなどない。


柔道部が練習を終える時刻の十分前。創吾は料理部所有の冷蔵庫で冷やしておいたスポーツドリンクを携《たずさ》え、道場へ向かった。もちろん、柔道部に所属している夏海を迎えに行くためだ。

昼休み、夏海のクラスを訪《たず》ねて一緒に弁当を食べた。そのときの夏海はいつも通りで、怒っている様子はなかった。とはいっても二人きりではなく、柔道部の殿村《とのむら》も一緒だったから、正確なところはよくわからないのだが。

けど、朝かて礼言うてくれたし、大丈夫や。……と思う。

道場に通じる渡り廊下を歩きながら、創吾はため息を落とした。

大丈夫だと断言できない自分が情けない。実際、夏海が怒っているのだとしても、創吾にはなぜ彼が怒っているのか理解できない場合が多いのだ。

せやかて僕の行動は全部、なっちゃんのことが好きで、なっちゃんが大事やから起こした行動なんや。

それのどこに対して、なぜ夏海が怒るのか、いまいちピンとこないというのが本音である。中学生の頃、高校レベルの問題を簡単に解いて周囲を驚かせた頭脳も、夏海に関しては欠片《かけら》も役に立たない。

「深津《ふかつ》君」

道場の入口にたどり着くと同時に横から声をかけられ、創吾は振り向いた。壁際に見覚えのない女子生徒が立っている。

歩み寄ってくる彼女を見て、創吾は眉間に皺が寄るのを感じた。

何やねん。せっかくなっちゃんが柔道してるとこを見れる時間やのに。

本当は練習中の夏海をずっと眺めていたいのだが、創吾なりに控《ひか》えているのだ。部外者の自分がうろうろしていては、いくら上下関係が緩やかな部とはいえ、先輩たちはきっといい顔はしないだろう。夏海が目をつけられることになったら大変だ。だから終了十分前にしか出向かないようにしている。

その貴重な時間を潰《つぶ》す気か？

夏海に見せる全開の笑顔からは想像できない冷たい表情になった創吾に、女子生徒はなぜか不満そうな顔をした。

「わたし、二年三組のタマキホナミっていうんやけど……」

ひとつ年上の女子生徒らしい。

「何か用ですか？」

開け放たれている道場の入口に半分以上意識をもっていかれながら問う。明らかに上《うわ》の空《そら》の返事だったが、普段の創吾を知っている者が聞けば、敬語を使っただけまだましだと思っただろう。

するとと彼女は、こちらに注意を向けさせようとするかのように距離をつめた。

「深津君て、カノジョおる？」

上目遣《うわめづか》いに問われて、ああ、またか、と創吾は思う。

小、中学生の頃、何度もこういうことがあった。しかし高校へ入学してからは常に夏海の後を追いかけているせいか、告白してくる女子生徒はいなかった。これで余計《よけい》なことに煩《わずら》わされずに思う存分夏海に尽くせると思っていたのだが、そうは問屋《とんや》が卸《おろ》さなかったようだ。

「カノジョはおらんけど、大事な人はいます」

僕のことを好きってことは、ちょっとは僕のこと見てたってことやろ。それやのに僕がなっちゃんが好きやてわからんか？

そう思いつつ答えると、彼女は小首を傾げてみせた。

「それって小田切《おだぎり》君のこと？」

わかってるんやったら聞くなよ、と言いたい気持ちを抑《おさ》えて大きく頷く。

「そうです」

「わたし別に、深津君が小田切君のこと大事でもええけど」

創吾は思わず、まじまじと女子生徒の顔を見下ろした。告白してきた女の子は数多《あまた》いたが、そんなことを言った人は初めてだ。

「仲のええ男友達がおるて別に普通やん。友達おらんより、おった方がええと思うし。せやからわたしと付き合わへん？」

一息に言った彼女に、創吾は再び眉を寄せた。

「申し訳ないですけど、僕、なっちゃん以外と付き合う気はないんです。なっちゃんが一番大事やから」

過去、何度もくり返してきた言葉をそのまま使う。しかし彼女は怯《ひる》まなかった。逆にむきになったように言い返してくる。

「付き合ういうたって友達やろ。深津君、何かいろいろ混同してるんとちゃう？　小田切君は女とちゃう。男やで。もう高校生やし、そういう風に恋愛と友情をごちゃまぜにされて、迷惑やて思てるかもしれんやんか」

「なっちゃんが迷惑？」

今朝の夏海の態度が気にかかっていた創吾は、思わず鸚鵡返《おうむがえ》しした。それを自分の意見になびいたと勘違《かんちが》いしたのだろう、女子生徒は強い口調で続ける。

「大事にもいろいろ種類があるやろ。わたしと付《つ》き合《お》うたら、小田切君への気持ちもちゃんと友情やて整理できて、小田切君も喜ぶ思うんやけど」

「何でなっちゃんが迷惑なんですか」

どこか諭《さと》すように言う彼女を、創吾は鋭《するど》い語調で遮《さえぎ》った。正直、大事にもいろ、の後は全く耳に入っていなかった。

第三者から見て、夏海が迷惑がっているように思えるのだろうか。

そういえば、お菓子教室で知り合ったヨシカワミズキにもよく似たことを言われた。深津君のそういう態度、なっちゃん、かなり怒ってるんとちゃう？　と。

そんなはずない、と創吾は反論した。僕はなっちゃんを怒らせるようなことは何もしてへんし。けど怒ってたみたいやで、と言われて、それは照れてたんです、なっちゃんは照れ屋やから、と自信満々に言い返すと、心底あきれたような顔をされた。

実際、あのとき夏海は、自分の『秘密』という言葉に対して怒っていたのだ。今も創吾が気付かないだけで、夏海は迷惑に思っているのかもしれない。

だとしたら、何に対して？　どんな風に？

そんな疑問が頭の中をぐるぐるとまわる。

さすがの女子生徒も創吾の剣幕《けんまく》に驚いたらしく、何度か瞬《まばた》きをした。

「何でって……、そら小田切君も深津君が大事かもしれんけど、それは恋愛と違《ちご》て友情やろ。キスしたいとか、そういうのとは違うはずや。だいたい男同士やで。恋愛やったらおかしいやんか」

断定した彼女に、創吾はきつく眉を寄せた。

……まあ、確かに僕はいろんな意味でおかしいんかもしれん。

世間一般から見た場合、自分でも自分が普通だとは思わない。

男同士で恋愛をする人間がマイノリティであることは、いかな創吾でも知っている。夏海以外の人にも物にも興味を持てない自分がマジョリティであるとは、端《はな》から考えていない。

それでもいいと思ってきた。そんなことはどうでもいいと思うぐらい、夏海が好きだった。

けどなっちゃんは、少しも、全然、おかしいない。

敢《あ》えておかしい点をあげるとしたら、おかしいぐらいかわいいという点で、おかしいだけだ。

「深津君？」

訝《いぶか》しげに呼ばれて、創吾は眉を寄せたまま彼女を見下ろした。どう転んでも『なっちゃんがかわいい』という方向にしか働かない己《おのれ》の思考回路を改めて自覚しながら、おもむろに頭を下げる。

「何にしても僕はあなたと付き合う気はないんで、お断りします。ごめんなさい」

「せやからわたしは別に小田切君が大事でもええて……」

「ごめんなさい」

創吾はくり返した。

告白してくる女の子たちを鬱陶《うっとう》しいと思うことは、今までにも多々あった。僕の何をわかって好きやて言うねん、と苛立《いらだ》ったこともある。何より、夏海に誤解されるのが嫌だった。

けれど、謝罪の気持ちだけはいつも本物だった。

僕かて、なっちゃんに拒絶されたらて考えただけで、死にたいほど悲しいから。

頭を下げたままでいると、バタバタと駆け出す足音が聞こえた。どうやらあきらめてくれたらしい。

我知らず安堵のため息をついていると、道場の出入口から柔道衣《じゅうどうぎ》姿の男が数人、どっと湧《わ》いて出た。

「深津～、てめえ見ーたーぞー」

「今のは二年で一番かわいいて言われてるタマキやないか～」

「憎たらしいけどウラヤマシイ～」

口々に言ったのは、柔道部に所属する二、三年生である。練習は既に終わったようだ。

ああ、なっちゃんが柔道してるとこ見れんかった……。

心底残念に思いながら苦笑する。

「入口占領《せんりょう》してすんません」

すると、先輩たちはワハハと一斉《いっせい》に笑った。高校生とは思えない立派《りっぱ》な体格の彼らがそうして笑うと、かなりの迫力《はくりょく》だ。

「そんなことはどうでもええ。俺は近くで美人見れて満足や。目の保養《ほよう》や目の」

「ま、おまえが付き合うて言うとったら、今頃血ぃみとったかもしれんけどな！」

「アホ、深津は小田切専用人間なんやぞ。そう簡単にOKするかい」

「あ、そうでしたー。早《は》よ小田切んとこ行ったれ深津」

好き勝手なことを言いながら部室へと去っていく先輩たちを見送った後、創吾は即座に道場へ突入した。そして既に拭《ふ》き掃除を始めている夏海のもとへ、一目散《いちもくさん》に駆け寄る。

「なっちゃん、お疲れさま！」

雑巾《ぞうきん》がけの手を休めた夏海は、おう、と短く返事をした。そしてちらと創吾を見上げてくる。

あ、かわいい上目遣い。

早速《さっそく》めろめろになりかけた創吾は、慌てて顔を引きしめた。

先輩たちが女子生徒とのやりとりを聞いていたということは、夏海も聞いていたということだ。小、中学生の頃も、告白される度《たび》に夏海に報告していたけれど、夏海のものになった今は、一刻も早く誤解を解きたい。

「あんな、なっちゃん、さっきのは……」

しゃがみ込むと、夏海は軽く頷いた。

「説明せんでもええ。おまえが断ってるん、聞こえとったから」

「うん。ちゃんと断ったから」

ほっとしつつ、ニッコリ笑ってみせる。すると、おらおらどけい！　と背後から怒鳴られた。

「いろんな意味でビミョーにムカつくぞ深津！」

夏海と同じく雑巾を手にした殿村がにらみつけてくる。が、特大のじゃがいもににらまれているようで、少しも怖くない。

「微妙にムカつくて何やねん」

「それが説明できんから微妙なんやろ。タマキさんも何でおまえみたいな奴にコクるかなあ。俺やったら絶対！　断らへんのに」

「二年のタマキホナミて、あんまりええ噂聞かんけどな」

殿村の語尾をさらうように言ったのは、雑巾がけをしながら脇《わき》を通り抜けた関本《せきもと》だ。創吾と同じクラスの彼は殿村と同じように厳《いか》つい容姿《ようし》だが、なかなか鋭い観察眼を持っている。

「はあ？　何を言うてんねん関本。タマキさんはここらでは知らん奴がおらんて言われてる美人やぞ」

「外見のことは知らん。ただその美人、女子の間でめちゃめちゃ評判悪いみたいやぞ」

雑巾がけの手は休めずに、関本が答える。反対に殿村は、その場に座り込んだまま顔をしかめた。

「そんなん、女子がひがんどるだけとちゃうんか？」

「アホ、美人でも評判ええコかておる。それに一部の男にも評判最悪なんや。三股《さんまた》かけられたとかでな」

さんまた、と惚《ほう》けたように鸚鵡返した殿村の背中を、夏海がきつめに叩いた。

「コラ、さぼるな殿村」

「さんまた……」

「おまえが三股かけられたわけやないやろが」

あきれたように言った夏海は、掃除の邪魔にならないように立ち上がっていた創吾を、なあ、と見上げてくる。その拍子に、緩んだ襟元《えりもと》から滑らかな胸元が覗いた。小さな尖《とが》りもわずかに見える。

刹那《せつな》、ドキ、と心臓が跳ね上がった。

「なっちゃん！」

「わ、何やねん」

創吾は思わず、持っていたタオルを夏海の首に巻きつけた。そのままぎゅっと前で結ぶ。農作業中の人のようなスタイルになってしまったが、とりあえず胸は隠れた。

よかった、危ないとこやった……。

安堵の息をついていると、バシ、と容赦《ようしゃ》なく頭を叩かれた。

「何やねんこれは。暑いっちゅうの！」

「けどなっちゃん、汗かいてるし」

ずれた眼鏡を直しつつ言い訳する。さすがに、なっちゃんの胸がエッチで見てられん、とか、他の奴に見せたない、などとは言えない。

案の定、夏海は眉をきつく寄せた。

「せやからって何も結ぶことないやろ」

乱暴に結び目を解《と》こうとする手を、創吾ははっしとつかんだ。

「あかんてなっちゃん。頼むし結んどいて」

「何でやねん」

「僕のためやねん！」

「はあ？　おまえのため？」

「そう。僕のため」

しっかり頷いてみせると、夏海はあきれたように見上げてきた。わけわからん、と小作りな顔に書いてある。

「……まあええけど」

不審そうにしながらも頷いてくれた夏海に、創吾はじんと胸の奥が熱くなるのを感じた。

なっちゃん優しい。

「ありがと」

小さく礼を言って、つかんでいた細い手首をそっと放す。すると夏海は唇をへの字に曲げ、手を背後へまわした。創吾の目には、それが照れているように映る。

かわいい……。

自然と頬が緩んだそのとき、断定的な物言いが耳に甦《よみがえ》ってきた。

だいたい男同士やで。恋愛やったらおかしいやんか。

「なっちゃん、あの」

無意識のうちに呼びかけた次の瞬間、うおーっ！　と背後で雄叫《おたけ》びがあがった。驚いて振り向くと、殿村が拭いたばかりの床をごろごろと転がっていた。

「何やわからんけど、おまえらやっぱり微妙にムカつくんじゃー！」

いつも通り、やと思うんやけど……。

創吾は隣を歩く夏海をちらりと見下ろした。

怒っている様子はない。迷惑がっている様子もない。少なくとも今は。

通学路になっている商店街は多くの人で賑《にぎ》わっていた。買い物帰りの主婦や帰宅途中の学生、サラリーマンらしき人たちが忙しそうに行き交っている。いつも通りの、帰宅途中の風景だ。

夏海はまっすぐ前を向いて歩いている。姿勢がいいのは柔道のおかげだろう。夏海より十センチ以上背が高い創吾には、すんなりと伸びた項《うなじ》が白いシャツの中へ吸い込まれてゆく様《さま》がはっきりと見えている。

反射的に目をそらした創吾は、一人苦笑した。

いつも通りやないいんは僕か……。

今朝から、どうもおかしい。思考がセクシュアルな方へセクシュアルな方へ流れてしまう。それに加えて、女子生徒に言われたことが妙に心にひっかかっていた。

男同士で恋愛はおかしい。

一般的に考えれば、確かにその通りなのだろう。

全部もろたるて言うてくれたけど、なっちゃんは僕を恋愛対象として見てくれてるんやろか。心だけでなく体も全て夏海のものになりたいこの気持ちを、わかっていてくれるのだろうか。

そういや僕、なっちゃんに好きとは言われてへん。

キスもしていない。手すら握っていない。

「………」

どんどん悪い方へと傾く思考を、創吾は頭を軽く振ることで追い払った。

いや、なっちゃんはちゃんとわかってくれてるはずや。

夏海は勘《かん》が鋭い。創吾の『好き』の意味を取り違えるとは考えにくい。その気が全くないのに、無駄に期待させるようなことはしないはずだ。

それに夏海は、人の心を弄《もてあそ》ぶような真似は決してしない。嫌なら嫌で、はっきり拒絶するだろう。

そういうとこがまた、好きなんや。

「創吾」

ふいに呼ばれて、創吾はすぐさま夏海を見下ろした。まなじりがわずかに上がった大きな双眸が、ひたとこちらを見上げてくる。

「何？」

「何やない。何で黙ってんねん」

「え、僕黙ってた？」

瞬きをすると、夏海はムッとしたように眉を寄せた。

「黙ってたわ。いつもはわーわーいらんことしゃべりまくるくせに、今日は何やねん」

「いらんことなんかしゃべってへんよ。僕はいっつもなっちゃんのこと思てしゃべってるから」

本当のことを正直に言う。すると、間髪《かんはつ》を入れず、うるさい！　と怒鳴られた。

「そういうことを外で言うな！」

「あ、ごめん。そしたらうち帰ってからにするな」

「そういう問題やない！」

再び怒鳴った夏海の頬は赤かった。彼の肌は生まれつき創吾よりわずかに濃いが、それでも赤くなるとはっきりそれとわかる。

さっき見えた胸とかも、お風呂入ると赤《あか》なんねんな。

あの滑らかな胸にこの手で触れたら。愛らしい胸の飾りに歯をたてたら、夏海はどんな反応をするのだろう。

声をあげるだろうか。それとも、形のいい小さな唇をかみしめるのだろうか。

もし声を我慢するのなら、更に指と歯と舌で思う様弄《いじ》ってやろう。そこはバラ色に染まり、硬く尖るに違いない。彼はきっと、堪《こら》えきれずに甘い声をあげるはずだ。

その頃にはもう、夏海の下肢《かし》は反応しているかもしれない。ひょっとしたら濡れているかもしれない。それをこの手で優しく包み込むのだ。

熱をもった下肢を丁寧《ていねい》に愛撫《あいぶ》したなら、小作りな顔は真っ赤に染まるだろう。逃《のが》れようとするか、あるいは逆に、快楽に正直になって愛撫をねだるように押しつけてくるか。どちらにしても夏海は息を乱し、色めいた声をあげるに違いない。こげ茶色の双眸は熱っぽく潤《うる》むはずだ。

更にひきしまった双《ふた》つの丘の狭間に指を入れたら。そして感じる部分を探し出して触れたら。その愛らしい顔も体も快楽に耐え切れず、艶《なま》めかしく悶《もだ》えるだろう。

「おい。おいコラ、創吾!」

むき出しの腕をぎゅっとつかまれて、創吾はハッとした。心配そうに覗き込んでいるこげ茶の双眸に気付いて、慌てて笑みを浮かべる。

「なっ、何?」

どもった上に赤くなった創吾を、夏海は真剣な顔で見つめた。

「何、やない。どないした」

「や、何でもないよ」

「何でもないことないやろ」

追及してくる夏海に、ほんまに何でもないねん、とくり返す。まさか、なっちゃんの裸にキスして触りまくって、なっちゃんの後ろに指を入れて気持ちええとこを探す想像をしてました、などとは言えない。

「なあ、マジでどないしたんや。何かあったんか？」

くいと腕をひかれて、創吾は思わず立ち止まった。夏海もつられるように立ち止まる。

紅茶味の艶《つや》やかな飴《あめ》を思わせる瞳を向けられて、創吾の心臓は性懲《しょうこ》りもなくドクンと跳ね上がった。

この大きな目も、唇からわずかに覗く白い前歯も。舐《な》めたら甘いに違いない。

なっちゃんも僕に、僕の体のどっかに、キスしたいとか思てくれてるんやろか。

恋愛対象として見ているのなら、思っていてくれるはずだ。夏海も創吾も、小さな子供ではないのだから。

「なっちゃん」

「うん」

「なっちゃん、僕とキスしたい？」

確認の意味で尋ねると、夏海は大きく目を見開いた。

次の瞬間、顔面めがけてスポーツバッグが飛んでくる。咄嗟《とっさ》に腕でガードしたおかげで、どうにか衝突は免《まぬが》れた。

「アホ！　ボケ！　人が真面目に心配してんのに！」

当たらなかったのが悔しかったのか、夏海は怒鳴りながらバッグをふりまわした。今度は肩口に当たりそうになって、慌てて腕で防御《ぼうぎょ》する。

「ちょお、ちょお待ってなっちゃん、僕は真面目や。僕は真剣になっちゃんとキス」

「うるさい！　黙れ！」

声を限りに怒鳴ると、夏海は創吾をその場に残し、駆け出した。

「あ、待ってなっちゃん！」

「ついて来んな、ヘンタイ！」

「へ……」

あまりといえばあまりの捨てゼリフに、追おうとした足が止まった。脇を通りすぎる年配の主婦が、あらあらケンカ？　カワイイねえ、という微笑《ほほえ》ましげな視線を向けてくる。

ヘンタイて……。

人ごみにまぎれてゆく夏海の背中を、創吾は茫然《ぼうぜん》と見つめた。

そらまあ確かに物凄《ものすご》くエッチなこと考えてたけど。

でもヘンタイて……。

なっちゃんは、僕とキスしたないんやろか。

またしても悪い方へ転がり出そうとした思考だったが、すぐにプラスへと方向転換する。

いや。きっと照れてたんや。

告白してからまだ二ヵ月も経《た》っていない。今までずっと幼なじみとして付き合ってきた彼に、急に恋人らしい態度を望むのは贅沢《ぜいたく》というものだろう。

だいたい僕は、なっちゃんを怒らせるようなことは何もしてへんし。

「……と思う」

想像していただけで、夏海本人をどうこうしたわけではない。

だからたぶん、大丈夫だ。

「……と思う」

だめだ。

自信がない。

刹那、創吾は夏海の後を追って猛然と駆け出した。

また気付かないうちに、怒らせるようなことをしてしまったのかもしれない。夏海が何に怒ったのかはわからないけれど、もし怒らせたのなら、謝らなければ。

創吾は肩で息をしながら小田切家のチャイムを押した。

行く手を阻《はば》むように、信号は赤ばかり。しかも塾通いの子供たちの自転車集団に巻き込まれて思うように走れず、結局、夏海に追いつくことができなかったのだ。

西の空には夕焼けの名残《なご》りがあったが、辺りは既に闇に包まれている。夕食時とあって、どこからかカレーのにおいがしていた。

『はい』

インターフォンから夏海の声がする。

「なっちゃん、僕」

咳《せ》き込《こ》むように答えると、一瞬、沈黙が落ちた。

『……何？』

「何って、えっと、謝りとうて」

『謝るて、何を謝るんや』

ぶっきらぼうに問われて言葉につまったそのとき、インターフォンの向こうから、誰？　と尋ねる高い声が聞こえた。

聞き覚えのある子供の声だ。夏海が受話器をわずかに離す気配がする。

『友達や。朝、玄関のとこにおった人』

ああ、あのお兄ちゃん？　と嬉しそうな声が聞こえてきた。夏海お兄ちゃんもカッコエエけど、あのお兄ちゃんもカッコよかったなあ。葵、もういっぺん会いたい！

すると、葵！　と叱る女性の声も聞こえてきた。あんたはまた夏海君の邪魔して。こっちに来て座りなさい。ごめんね、夏海君。

いいえ、と夏海は朗《ほが》らかに答える。葵ちゃん、おじちゃんの隣においで、と上機嫌で言う夏海の父親の声も微《かす》かに聞こえた。

どうやら今朝、夏海にまとわりついていた子供と、その母親らしき人物がいるらしい。

なっちゃんちに、僕の知らん人がおる。

創吾は改めて奇妙な焦《あせ》りを感じた。

『ちょお待ってろ、今出るから』

短く言われたかと思うと、いささか乱暴にインターフォンが切れた。タタタ、とリビングから玄関へと走ってくる足音がする。

ガチャリとドアが開いた。間を置かず、Tシャツにジーンズ姿の夏海が出てくる。

「なっちゃん!」

思わず呼ぶと、顔面に柔らかいものが投げつけられた。タオルだ。

「ここまで走ってきたら汗だくやろ。今日はうちの風呂に入れるわけにいかんからな」

「ありがとう」

なっちゃん優しい……。

じんと胸が熱くなるのを感じつつ、創吾はタオルで汗を拭《ぬぐ》った。が、焦りが消えたわけではない。

本当なら夏海の家で話をするつもりだったのだ。しかし夏海の父親の恋人と、その子供がいるせいで、今日は家にあげてもらえそうにない。

「なあなっちゃん、今朝の人ら、ずっとなっちゃんちにいはったん？」

「いや。親父が帰ってくるのに合わせて夕方に来はったらしい。今日の夕飯作って待っててくれはってん」

「……おっちゃん、えらい早いな」

「ここ二ヵ月ぐらい中元《ちゅうげん》の早売りで忙しいて、ずっと午前サマやったからな。もうすぐシーズンも終わるし、ちょっとは余裕ができたみたいや」

ふうん、と頷いた声に不満が滲《にじ》んだ。

夏海の夕食を、今朝見た女性が作ったというのがおもしろくなかった。

創吾には、なっちゃんのご飯を作るのは僕、という自負《じふ》がある。もちろん、夏海の食事を作ってきたのは創吾だけではない。夏海が幼かった頃、週に何度か来ていたハウスキーパーも彼のために料理をした。しかしハウスキーパーは家族ではない。仕事として家事をこなしただけである。

けれど、もしあの女性が夏海の父親と結婚したら交代はなしだ。

……それは、嫌や。

物凄く嫌や。

「で？　何を謝りたいねん」

黙っている創吾に焦《じ》れたのか、夏海が無愛想に問う。

え、と思わず創吾は声をあげた。じろりとにらまれて、謝るために必死で走ってきたことを思い出す。

そおや。謝らな。

「なっちゃん、ごめん」

創吾は勢いよく頭を下げた。

「せやから、何がごめんやねん」

ぶっきらぼうに問われて、創吾は言葉につまった。玄関の明かりに照らされた夏海の顔は、実に不機嫌そうだ。

「や、あの、なっちゃん、怒ってたみたいやから……」

口ごもると、夏海は思い切り顔をしかめた。脇にたらしていた腕を組み、斜めに創吾を見上げてくる。

「何で俺が怒ったんか、その理由を言うてみい」

「それは……」

「わからんのか」

「いや、あの……」

「わからんのやな」

「その……」

「わからんのに謝ったんか」

う、と小さく声をあげると、夏海はがっかりしたようにうつむいた。そして、はー、と長いため息を落とす。

「……もうええ」

「もうええって、なっちゃん」

「もうええねん。おまえは、そういう奴やもんな」

柔《やわ》らかな声音で言って、夏海は顔を上げた。小作りな顔に浮かんでいたのは、優しげな笑みだ。目許《めもと》がほんのりと赤い。

うわっ、めちゃめちゃかわいい！

のけぞりそうになるほどの衝撃を受けつつも、創吾は何とか持ちこたえた。今は夏海のかわいさに参っている場合ではない。

「なっちゃん、あんな、ほんまに僕、なっちゃんを怒らせたいわけやないんや。なっちゃんが好きで、大事で。せやから」

せめて自分の気持ちはわかってもらいたいと言葉を紡《つむ》ぐ。すると、夏海はまたきつく眉を寄せた。その目許は赤いままだ。

「あーもう、わかったわかった。ほんまにおまえは、俺のどこがそないに気に入ったんやろな」

「全部」

後半の独《ひと》り言《ごと》のようなつぶやきに、創吾は即答《そくとう》した。呆気《あっけ》にとられてこちらを見上げてきた夏海の顔が、刹那、真っ赤になる。

「おまえなあ」

夏海が何かを言いかけたそのとき、玄関のドアが小さく開いた。

そうっと顔を覗かせたのは、今朝、夏海にまとわりついていた女の子だった。

「あれ、葵ちゃん？」

夏海は創吾からあっさり視線をはずし、彼女の方を向く。

ああ、なっちゃん、僕よりそのコとるんか。

などと思っていると、夏海は更《さら》に、どないしたんや、と声をかけた。しかもその顔には、優しげな笑《え》みが浮かんでいる。創吾には滅多《めった》に見せてくれない、柔らかな笑みだ。

「夏海お兄ちゃん」

ドアを開けて出てきた女の子は、甘えるように夏海の腰に抱きついた。

あ、こいつ。僕でも大きいなってからは、なっちゃんの腰に抱きついたことないのに。

「お母さんとおじちゃん、二人でしゃべってるんやもん。葵、つまらんから出てきてん」

「そっか。ごめんな」

夏海に頭を撫《な》でられて、女の子はさも嬉しそうに首をすくめる。

あ、こいつ。僕でもなっちゃんに頭撫でてもろたことないのに。

自分の半分の背丈もない少女に本気でムッとしたそのとき、彼女が顔をこちらに向けた。目が合うと、はにかんだように笑う。

「夏海お兄ちゃんのお友達のお兄ちゃん、こんばんは」

「創吾っていうねん。創吾お兄ちゃんや。葵ちゃん、ちゃんと挨拶《あいさつ》できて偉いなあ」

夏海に褒《ほ》められた少女は、また嬉しそうに笑った。そして夏海の腰にぴったりとはりつく。

あ、こいつ。調子に乗りやがって。

「創吾」

呼ばれて夏海を見る。おまえも挨拶、と小さな声で促されて、創吾は渋々少女に視線を戻した。

めちゃめちゃムカつくけど、しゃあない。

ここで挨拶しなければ、夏海に嫌われてしまうだろう。

「こんばんは」

精一杯《せいいっぱい》の愛想笑いを浮かべて言う。すると少女は恥じらうようにうつむいた。こんばんは、と小さな声で応えた彼女を、偉いなあ、と夏海はまた褒める。

たかが挨拶で褒めすぎや、なっちゃん。しかもめちゃめちゃ優しい声やし。てゆうか、そのコ褒めるんやったら僕も褒めてくれ。

切ない思いで夏海を見つめるが、視線は返ってこない。夏海の視線を独占しているのは、彼の細い腰に腕をまわしたままの少女だ。

……こいつ、ええ加減に離れろや。

「お兄ちゃんらもう話終わったし、すぐ行くから。先に戻っといてくれるか？」

再び夏海に頭を撫でられて、少女はこくりと頷く。

「すぐ来てな？　葵、待ってるから」

うん、と夏海が頷いたのを確認してから、彼女はもう一度創吾を見上げた。ニッコリと笑いかけられて、仕方なく微笑み返す。

ようやく夏海から離れ、ドアの向こうへ消えた彼女の背を、創吾は苦々《にがにが》しい気分で見つめた。夏海の妹になる可能性がある少女でなかったら、愛想笑いなどしなくて済む。追い払うこともできるのに。

なっちゃんも、家族になるかもしれんからって優しいしすぎとちゃうか？　ムカつく。

「創吾」

低い声で呼ばれて夏海に視線を戻すと、少女に見せていた優しい笑みはどこへやら、なぜか彼はひどい仏頂面《ぶっちょうづら》になっていた。

創吾はその場でぴしりと固まった。

え、何？　なっちゃん、また何か怒ってる？

「なっちゃん？」

恐る恐る呼ぶと、夏海はぷいと顔を背《そむ》けた。そしたらな、と言って背を向けようとするのを、慌てて引き止める。

「待ってなっちゃん！」

「何？」

やはり不機嫌に問われて、創吾は焦った。

何か。何か言わなくては。

「明日のお弁当、何がええ？」

長年の習性か、出てきた言葉はこれだった。問われた夏海の眉間に、ぎゅう、と皺が寄る。

「……明日から午後の授業ないから、弁当はいらん」

「でも部活が」

あるやろ、と言いかけて、創吾は口を噤《つぐ》んだ。

しまった。明日は部活ないんや。

明日は剣道部が道場を使う日だ。従《したが》って、柔道部の練習は休みである。

「そしたら明日、うちで一緒に晩ご飯食べよ。なっちゃんの好きなクリームコロッケ作るから」

すかさず夏海の好物の名前を出す。

しかし、夏海の眉間は晴れなかった。しかも視線をはずしたままだ。

「そしたら」

素っ気《そけ》なく言ったかと思うと、素早く背を向けてしまう。バタン、と閉まったドアに伸ばした手をそのままに、創吾は固まった。

せっかく許してくれたのに。めちゃめちゃかわいい顔で笑《わろ》てくれたのに。

またしても怒らせてしまったらしい。

さっきの女の子に対する僕の態度が悪かったからやろか？　や、でもちゃんと最低限の社交辞令は果たしたはずや。きついことを言うたわけでもない。

それなのに。

「なっちゃん……」

今度もまた、なぜ夏海が怒ったのか、創吾には全くわからなかった。


「小田切《おだぎり》が怒ってるてわかるようになっただけ進歩やないけ。前のおまえはそれすら気ぃ付いてへんかったやろ」

化学室へと移動する廊下を歩きながら、関本《せきもと》が言う。

ぼうっとしとるけど何かあったんかと尋《たず》ねる彼に、夏海《なつみ》が怒っているらしいと答えた。その結果、返ってきた言葉がこれである。

「なっちゃん、前からそないに怒ってたんか？」

思わず問うと、関本は苦笑した。

「怒っとった怒っとった。毎日青筋たてとったわ」

そうやったんか……。全然わからんかった。

少なからずショックを受けて、創吾《そうご》は眉をひそめた。

「けど怒ってる理由もわかるようにならなあかんぞ深津《ふかつ》。そうやないと小田切に嫌われるんとちゃうか？」

「うるさい」

からかうような口調に、低い声で言い返す。すると、関本はにやにやと笑った。

以前にも一度、創吾は夏海をひどく怒らせたことがあるのだ。そのときも、なぜ夏海が怒っているのかさっぱりわからなかった。理由を教えてくれたのは、創吾と夏海を身近で見ていた、関本をはじめとする柔道部員たちだった。

ああ、でもほんまに、なっちゃんは何を怒ってるんやろう……。

今朝、夏海を迎えに行くと、ぶっきらぼうながらも口をきいてくれた。父親の恋人とその子供は、昨夜《ゆうべ》のうちに帰ったのだという。そしたら今日はうちで一緒にクリームコロッケ食べよな、と言うと、ん、と頷いてくれた。

……けどやっぱり、怒ってたような気ぃする。

言葉ではうまく説明できないけれど、何となくいつもと違っていた。何より、笑ってくれないことがひっかかる。

それに今朝の夏海もかわいいだけでなく、やけに色っぽいような気がした。ふと見せる物憂《ものう》げな視線だとか、開襟《かいきん》の隙間《すきま》から覗《のぞ》く鎖骨《さこつ》だとか、そんなものに目が吸い寄せられて困った。

怒ってるから色っぽいんやろか。

いや、怒ってるんと色っぽいのに因果《いんが》関係はないような気ぃする。

いつも以上に夏海のことで頭がいっぱいだったせいだろう、深津、と関本に声をかけられるまで、創吾は本当にぼんやりしていた。もっとも、整った容姿《ようし》のおかげか、ぼんやりしていると気付く者はほとんどいなかったのだが。

「なあ深津、おまえ夏休みの練習にも来るんか？」

ふいに問われて、創吾は当然とばかりに頷いた。

「もちろん。なっちゃんが行くのに、僕が行かんわけないやろ」

所属している料理部で、夏休みに料理コンクールに出てみないかと誘われたが、断った。それもこれも、夏海と一緒にいる時間を減らされないためだ。

「そう言うやろうと思《おも》たけど、おまえ、それいつまで続ける気や」

「いつまでって？」

眉を寄せた関本を振り返る。大柄な彼は横目で見返してきた。

「いつまで小田切にくっついてまわる気やて聞いてんねん。高校の間はええとしても、その後はどないすんのや」

「その後ももちろん一緒におるつもりやけど」

再び当然のごとく頷く。

これから先もずっと、夏海から離れる気などない。そうでなければ、高校まで彼を追いかけてきたりしなかった。

「もちろんて、おまえなあ」

ため息を落とした関本は、ゆっくり階段を上りながら言う。

「就職か進学か知らんけど、ずっと一緒におるわけにはいかんやろが。いつまでもおまえにくっつかれてたら、小田切、重いて思うかもしれんぞ」

「重い？」

「せや。中二で大検《だいけん》の問題解いて神童《しんどう》とか言われとったおまえが、小田切と一緒におりたいからいう理由だけでこの高校に入学したわけやろ。高校はまあ、おまえみたいな奴にとったら遊びみたいなもんなんかもしれんけど、その先はちゃうやろが。おまえぐらい頭よかったら、それなりの将来っちゅうもんがあるやろ。その上等な将来捨てて一緒におりたい言われたら、重いやないけ。俺が小田切やったら重いけどな。その辺のこと話したことないんか？」

夏海と離れたくない一心で、今通っている高校を受験したとき、確かに彼は「何考えとんじゃおまえはー！」と怒鳴った。ずっと照れ隠しだと思っていたが、本気で怒っていたのだろうか。本気で嫌だったのだろうか。

今までと同じようにいかんこともある。それをよう肝《きも》に銘《めい》じとくことやな。

母の言葉が思い出された。

確かに、夏海の父親の再婚のことだけではない。将来には、もっとたくさんの変化が待ち構えている。

なっちゃんは、僕が重いから怒ってるんやろか。

考えれば考えるほどわからなくなってきて、創吾は眼鏡越しにこめかみを押さえた。

自分にとって最愛の夏海は、最大の謎でもあることを改めて実感する。夏海の心よりも高等数式の方が、ずっと単純で簡単だ。

けどとにかく、重いんやったら重ないようにせんと。

一緒にいられて、尚《なお》かつ夏海にとって重くない将来を設計しなければ。

「深津。おいコラ、深津」

呼ばれてちらと視線を向けると、関本はあきれたような顔をしていた。

「おまえ、ひょっとして悩んでるんか？」

「まあな」

頷くと、関本は細い目で瞬《まばた》きした。

「スカしたツラしとるさかい、全然わからんかったわ。へえ、おまえでも悩むんや」

感心したように言った関本の語尾《ごび》にかぶせるように、夏海の声が聞こえた気がして、創吾はハッと階段を振《ふ》り仰《あお》いだ。

「コラ、もたもたすんな」

そう言っているのは間違いなく夏海だ。暑い〜、とぼやいているのは殿村《とのむら》らしい。

タタタ、と軽い足音がしたかと思うと、夏海が踊り場に降りてきた。両手で大きな筒《つつ》を抱えている。

「なっちゃん！」

呼ぶと、夏海は驚いたようにわずかに目を丸くした。

あ、かわいい。

「どないしたん？　世界史の資料？」

たちまち顔中が笑《え》み崩《くず》れるのを感じながら尋ねる。

「そお。おまえらは化学か」

創吾と関本が持っている教科書を確認し、夏海は素《そ》っ気《け》なく答えた。

目をそらされたのだと気付いたそのとき、殿村がのろのろと階段を降りてきた。夏海と同じく大きな筒を抱えた彼は、創吾を認めた途端、ぎゃっと声をあげる。

「深津っ。こんなとこでまで会うとはっ」

「殿村うるさい。さっさと行くで」

結局創吾を見ないまま、再び階段を下り始めた夏海に、なっちゃん、と声をかける。

「四時間目終わったらすぐ迎えに行くから」

夏海は振り向かなかった。返事もしない。

……やっぱり何か怒ってる。

「なっちゃん……」

くそう、やっぱり微妙にムカつくんじゃ〜！　という殿村の雄叫《おたけ》びをよそに夏海が去った階段を見つめていると、隣で関本がため息を落とす気配がした。

「……小田切って凄《すご》い奴や、ていうことが今改めてわかったような気ぃする」


薄く切ったスイカを載《の》せた盆を手に階段を上りつつ、創吾は低くうなった。

時刻は午後二時。

夏海は二階の部屋で待っている。しかも今日は、両親ともに残業で遅くなると言っていた。十時以降にしか帰ってこないことは間違いない。つまり、これから八時間以上は夏海と二人きりということだ。昨日のように、突然しゃしゃり出てきたわけのわからない子供に夏海をとられる心配もない。

せやから物凄く嬉《うれ》しいんやけど……。

やはり夏海は怒っているようだ。

予告していた通り、四時間目が終わってすぐ迎えに行くと、じろりとにらまれた。とりあえず一緒に帰ってはくれたし、自宅へ帰ることなく直接創吾の家へ寄ってくれたから、愛想《あいそ》を尽かされたわけではないらしい。けれど帰り道も、創吾が昼食のチャーハンを作っている間も、二人でそれを食べているときも、夏海がむっつりしていたことは確かだ。

昼食後、スイカ切って持ってくから僕の部屋で待っててくれる？ と言うと、夏海は仏頂《ぶっちょう》面《づら》で頷いた。かと思うと、ためらうことなくスタスタと階段を上っていった。

あの迷いのなさは何やったんやろう。

何に対して怒っているのか、説明してくれるつもりなのだろうか。それとも、創吾が謝るのを待っているのか。

けど昨日、理由もわからんと謝ったら、なっちゃん不機嫌そうやったし……。

つまるところ、なぜ夏海が怒っているのか、創吾にはいまだにわからないのである。

悶々《もんもん》と考えているうちに、ドアの前に着いてしまった。ここが大邸宅だったら、あと数分は考えごとをしていられただろうが、ごく普通の一戸建《いっこだ》てではそれも叶わない。

創吾は深呼吸した。

とにかく、何を怒ってるんか聞こう。

どんなに考えてもわからないのだから、それしかない。

「なっちゃん？　入るで？」

おう、と応えが返ってくる。創吾はゆっくりドアを開けた。夏海が冷房を入れておいてくれたおかげで、たちまち涼しい空気が体を包む。

夏海は窓際にあるコンポの前に座り込んでいた。高校の入学祝いとして買ってもらった物なので、まだ新しい。

「なあ、これ鳴らしてもええ？」

こちらをちらとも振り向かない夏海に、うん、と頷く。

やっぱり何か怒ってる……。

なっちゃん……、と切ない気持ちで最愛の人を見つめながら、創吾は夏海の前に腰をおろした。夏海はやはりこちらを見ようとしない。コンポの方を向いたまま電源を入れ、プレイボタンを押す。たちまち最近ブレイクしたばかりのバンドの曲が流れ出した。

「へえ、おまえこういうの聴くんや」

驚いたような声音に、創吾は苦笑した。

「いや、それ買《こ》うてきたんオトンやねん」

「おっちゃんが？　意外やな。おばちゃんやったらわかるけど」

さすがは幼なじみ。創吾の両親の性格をよく把握《はあく》している。

「買うてきたんはオトンやけど、買うてきてくれて頼んだんはオカンや。あの人、新しもん好きのミーハーやから」

どうぞ、と夏海にスイカが載った皿を差し出す。ありがと、と頷いて、夏海はようやく創吾の方を向いた。しかしやはり目は合わそうとせず、スイカに手を伸ばす。

「いただきます」

「どうぞ」

それでもきちんと挨拶《あいさつ》する辺りは夏海だ。

シャク、と音をたてて、大きめの白い前歯が赤い果肉に食い込んだ。形のいい唇が、滴《したた》る果汁でしっとり濡れる。唇の端にもついたのか、ピンク色の舌先がちろりと舐《な》めとった。

……スイカ、かなりやばい。

目の遣《や》り場《ば》に困った創吾は、軽快なリズムを奏《かな》でているコンポに視線を移した。僕のアホ、ボケ、マヌケ、と内心で己《おのれ》を罵《ののし》る。

冷蔵庫にはゼリーと水ようかんもあったのに、何でスイカなんか切ったんや。

理由は簡単だった。夏海の好物だからだ。

ああ、なっちゃん、何でなっちゃんはスイカが好きなんや……。

「創吾」

唐突《とうとつ》に呼ばれて体が強張《こわば》る。コンポから夏海へそっと視線を戻すと、呼んだにもかかわらず、彼はうつむいていた。一つ目のスイカは食べ終えたようだ。

「何？」

心臓がバクバクと波打つのを感じながら問い返す。

怒られるのだろうか。それとも、謝れと言われるのだろうか。あるいは、殿村が言っていたように、重いと言われてしまうのか。

思わずごくりと息を飲むと、夏海は意を決したように顔を上げた。そしてまっすぐにこちらを見つめてくる。

こげ茶色の双眸《そうぼう》は、なぜか潤《うる》んでいた。つり気味の目許《めもと》もうっすらと赤い。

うわ、めちゃめちゃ色っぽい。

心臓が口から飛び出してしまうような錯覚《さっかく》を覚えて、創吾は必死で息を飲み込んだ。

「おまえ、俺に全部くれるて言うたよな」

夏海の声は、わずかに掠《かす》れていた。

予想外の問いかけに、創吾は一瞬、言葉につまる。

なっちゃんが怒ってることとそれと、何か関係あるんか？

だとしたらどういう関係があるのか。

創吾は懸命に考えた。しかし。

……あかん。全然わからん。

創吾が返事をせず、黙ってしまったことが気に入らなかったらしい。夏海は思い切り顔をしかめた。

「どないやねん。嘘やったんか？」

「嘘やないよ！」

創吾は思わず大きい声を出した。

「ほんまや。僕の全部をなっちゃんにあげる」

身を乗り出し、これ以上ないぐらい真剣な口調で言う。しかし夏海はしかめっ面《つら》のままだ。

「俺のもんにしてくれて、言うたよな」

「言うた。僕を全部なっちゃんのもんにしてほしい」

今度は間を置かずに答える。

すると夏海はこく、と息を飲み込んだ。

「……それって、どういう意味やってん」

「どういうって……」

ふいに音楽がやんだ。そういえば、父が買ってきたのはシングルCDだったのだ。

しん、と沈黙が落ちた。今まで賑《にぎ》やかだった分、静けさが余計《よけい》に強調されてしまう。激しく波打っている心臓の音が夏海に聞こえてしまいそうだ。せめて目をそらすことができればいいのだが、熱を帯びた視線に縫《ぬ》いとめられたように、ぴくりとも瞳を動かすことができない。

なっちゃんは、何が言いたいんやろ？　僕に何を言わせたいんやろ。

わからない。

わからないけれど、この状況はいろいろな意味で危険な気がする。

先に静寂に耐え切れなくなったのは、創吾の方だった。

「……なっちゃんと、キスしたい。そういう意味で、言うた」

ともすれば早口になってしまいそうなところを、意識してゆっくりと告白する。すると夏海は首筋まで真っ赤になった。

うわっ、めちゃめちゃかわいい。

「俺と、キスしたいんか？」

「したい」

ためらうことなく頷くと、夏海は更に赤くなった。一瞬だけ、迷うように視線をさまよわせた後、怒ったような口調で尋ねてくる。

「俺と、エッチしたいか？」

創吾は思わず息を飲んだ。自分の顔も、これ以上ないぐらい赤くなっているのを感じる。

「……したい」

答えた声は、知らず知らずのうちに掠れた。

今の声では、なっちゃんに聞こえんかったかもしれん。

そう思って慌ててもう一度言い直す。

「なっちゃんと、エッチしたい」

今度の声もみっともなく掠れてしまったが、夏海にはちゃんと聞こえたらしい。形のいい唇がキッと引き結ばれる。次の瞬間、夏海は右手でスイカが載った皿を脇《わき》に退《ど》け、同時に創吾の傍《かたわ》らに左手をついた。あっという間に距離をつめられて声を失う。

息をつめてじっとしていると、夏海はまっすぐにこちらを見つめてきた。熱っぽく潤んだこげ茶色の双眸が、すぐ側《そば》にある。

心臓がドクン、と大きく脈打ったのがわかった。

声が出ない。動けない。

夏海は怒っていないのだろうか。謝らなくてもいいのだろうか？

そんなことを頭の片隅で考えながら、それでも魅入《みい》られたように濡れた瞳を見下ろしていると、長い睫《まつげ》がゆっくり動いた。小作りな愛らしい顔が近付いてくる。伏せられた瞼《まぶた》が微《かす》かに震えているのが、はっきり見えた。

このままやったら、キス、されてしまう。

思わずぎゅっと目を閉じると同時に、唇に柔《やわ》らかいものが触れた。

それは間違いなく夏海の唇だった。初めて触れた唇は、スイカの果汁のせいか、しっとりと潤《うるお》っている。

うわ、僕、なっちゃんとキスしてる……。

これが夢ではないと確かめるために目を開けようとしたそのとき、濡れた感触が唇の隙間《すきま》をたどった。無意識のうちに唇を開くと、夏海の舌が迷うことなく口腔《こうこう》内に入り込んでくる。

「……っ」

わずかにスイカの味が残る舌先にちろりと舌を舐められて、体が強張った。すると、まるで逃《のが》すまいとするかのように腕が素早《すばや》く首にまわされ、しなやかな体が寄り添ってくる。布越しに高い体温が伝わってきて、創吾はわずかに身震いした。

なっちゃんの唇。なっちゃんの舌。なっちゃんの体。

それらがこれ以上ないぐらい近い距離にある。

何もかもがあまりに唐突で、体が動かない。

創吾はまだ夢を見ている気分で、口内を這う舌に舌をからませた。それを歓迎するかのように、夏海は積極的に創吾の唇を潤し始める。首筋にまわった腕に、きゅ、と力がこもった。

「んっ……」

小さく声を漏《も》らしたのは創吾の方だ。夏海のピンク色の舌が己の口の中にあると考えただけで、卒倒《そっとう》しそうだった。

思わず身じろぎすると、首を抱いていた腕が片方だけ解《と》かれた。肩をつたって胸元に下りてきた夏海の手は、当然のように創吾のシャツのボタンをはずし始める。

「っ」

夏海の指先が鎖骨に触れて、ビク、と体が強張る。同時に、息つぎのためにわずかに隙ができていた唇が完全に離れた。

つう、と透明な細い糸が二人をつなぐ。

かと思うと、ふ、と切れる。

目が合った。

刹那《せつな》、夏海は耳まで真っ赤になった。が、創吾の首筋にまわった腕はそのままだ。浅い呼吸をくり返す濡れた唇は、長い口づけのせいか、いつもより赤い。

創吾は息を飲んだ。

これは現実だ。夏海とキスをしたのだ。それも、互いの舌をからませ合い、唾液《だえき》を交換し合う深いキスを。

もっと。

もっとキスしたい。もっと触りたい。もっと暴《あば》きたい。

突き上げてくる欲求のまま、今度は創吾から乱暴に口づけた。

「ん……っ」

夏海の唇の隙間に舌を入れる。そうして左手で彼の薄い肩を抱き寄せ、右手でシャツのボタンをはずしてゆく。一つ、二つ。もう一つ。

思う様《さま》夏海の口腔内を愛撫《あいぶ》しながら、創吾は開けたシャツの中へおもむろに手を差し入れた。水仕事をしてきた指先が冷たかったのか、腕の中で華奢《きゃしゃ》な体が跳ねる。それにかまわず滑《なめ》らかな胸を掌《てのひら》でたどると、指の腹に小さな尖《とが》りが触れた。

しかし夏海は抵抗しなかった。それどころか、既に二つはずし終えていた創吾のシャツのボタンを、震える手で再びはずし始める。

なっちゃん、ほんまに嫌がってへんのや。

それどころか、先ほどまでのキスと同様、随分と積極的だ。

頭の片隅でそう思うと、ただでさえ火照《ほて》っていた体が、更に燃えるように熱くなった。

創吾は夏海のシャツの隙間に入れた手を大胆に動かした。硬く尖ったそれをつまむと、びく、と素直な反応が返ってくる。そのままこねるように愛撫してやると、唇の隙間から甘い声が漏れた。

「ん、んう……、ん」

創吾のシャツの四つ目のボタンをはずそうとしていた手が、それを果たせずに、創吾の胸元に爪をたてる。

「っ……」

痛かったけれど、その痛みこそが夏海が腕の中にいる証拠に思えて、ぞくりと背筋に甘い痺《しび》れが走った。

かわいい。かわいくてたまらない。

このまま、夏海の全部を味わい尽くしたい。

「んん……っ」

息苦しいのか、重ねていた唇がわななく。名残《なご》り惜《お》しさをたっぷり残しながら解放してやると、夏海は激しく喘《あえ》いだ。ひゅ、と喉《のど》が高い音をたてる。

創吾のシャツのボタンをはずそうとしていた手は、今や縋《すが》るだけになっていた。はだけたシャツの隙間から覗く肌は上気し、濡れている。荒い呼吸に合わせて、紅く染まった突起が上下する。

あまりに官能的な光景を目の前にして、創吾は理性という名の頭のネジが、一気に吹っ飛んだような錯覚を覚えた。

「なっちゃん……、なっちゃん、なっちゃん」

顎《あご》のライン。耳。首筋。鎖骨。胸元。

小麦色の肌に夢中で口づける。シャツを脱がせる余裕すらなくて、差し入れた手でしなやかな体のラインをまさぐる。

「ちょっ、待っ……、あ、創吾っ」

今日初めて、夏海が逃れようともがいた。腕を突っ張り、体を離そうとする。

けれど、今更離してやれるわけがない。

突き放そうとする腕を難《なん》なく退《しりぞ》け、創吾は親指の腹で突起を押し潰《つぶ》すように愛撫した。ビクン、と夏海の体が激しく波打つ。

「やっ」

「好き……。好きや、なっちゃん。好き」

正直な体の反応に煽《あお》られて、下へ手を伸ばす。夏海が息を飲んだ気配がした。

布越しに触れただけで、夏海が反応しかけているのが伝わってくる。

「……なっちゃん、硬《かた》なってる」

思わず言うと、夏海はまた力の限り暴れ出した。

「や、嫌やっ」

「なっちゃん？」

「放せ、こんなん、違……！」

力まかせに振りまわされる拳《こぶし》をつかまえ、その動きを封じる。離れようとする華奢な体を強引に抱き寄せた創吾は、逃れることができないように腕の中に閉じ込めた。

しかし夏海の抵抗はやまない。何とか逃れようともがき続ける。

「や、嫌！　放せっ！」

「恥ずかしがることない」

細い手首を捕らえ、きつく握りしめる。

「創吾、放っ……！」

「僕で、感じてくれたんやろ？」

拒絶の言葉を無視して囁くと、突然、ドン！　と喉元に衝撃が走った。頭突《ずっ》きされたのだと自覚する間もなく息がつまる。

「嫌やって、言うてるやろが！」

大音量で怒鳴られて思わず顔を上げた創吾は、目を見開いた。

そこには、創吾の腕から逃れ、大粒の涙をボロボロとこぼす夏海がいた。

え、何？　何で？

今、この場には夏海と自分しかいないから、泣かせたのは間違いなく自分だ。

けれど夏海が泣いた理由がわからない。

せやかてなっちゃんからキスしてくれたんやし、全然抵抗されんかったし、さっきまではほんまに嫌がってへんかった。それやのに何で？

茫然としていると、夏海は無言で立ち上がった。そして身じろぎひとつできなくなった創吾をその場に残し、部屋を飛び出す。

夏海が階段を駆け降りる足音を聞きながら、創吾は血の気がひいてゆくのを感じた。高ぶっていた体も瞬《またた》く間に冷めてゆく。わずかにずれた眼鏡をかけ直すことすら忘れていた。

何でなっちゃんは泣いたんや。

何があかんかったんや。

全然、全く、わからない。


「深津《ふかつ》、邪魔」

モップを手に持ったままぼうっとしていると、肩を強く叩かれた。のろのろと振り向いた先に立っていたのは、同じくモップを持った関本《せきもと》だ。武骨《ぶこつ》な顔は、いつになく不機嫌そうにしかめられている。

場所は図書室だが、本を借りに来たわけではない。掃除当番である。夏休みを前に大掃除をするとかで、四時間目が丸々掃除の時間にあてられたのだ。創吾《そうご》と関本の他にも、男子生徒が三人と女子生徒が三人、モップでワックスがけをしている。

「ちゃっちゃとモップを動かせ、ちゃっちゃと。せやないと、この灼熱《しゃくねつ》油地獄からいつまでも抜け出せへんぞ」

関本の言葉もまんざら嘘ではない。窓は開け放してあるが、風が全くないせいか、部屋にはワックスのにおいが立ちこめている。校庭にあるポプラの木に大量発生した蟬《せみ》の声が、ただでさえ暑い部屋を更に暑くしていた。

しかし、創吾にとっては暑さも臭《くさ》さもどうでもいいことだった。

「もう僕、既に地獄にはまってるし、今更灼熱やろうが油やろうが……」

「ドアホ。おまえは良うても俺は嫌じゃ」

容赦《ようしゃ》なく言い放った関本は、創吾の横を通り抜けて『小説　は〜ま』の棚の向こうへ消えた。

それでも尚ぼうっと突っ立っていると、『小説　や〜わ』の棚の向こうから物凄《ものすご》い勢いで出てくる。

「あーもー鬱陶《うっとう》しい！　ただでさえ暑いし臭いし、微妙にムカつくのが積もり積もってかなりムカついてんのに、これ以上イライラさせんな！」

珍しく怒鳴った関本に、創吾は首を傾《かし》げた。

「イライラさせてるか、僕」

「ああ、思いっ切りな！」

「何で？」

「何でって、おまえなあ……」

関本はあきれたようなため息を落とした。

「朝は朝で世界の終わりみたいな顔して教室来るし、体育んときも思い切り小田切《おだぎり》避けるし、小田切もおまえ避けてるし。何やねん、また小田切怒らせたんか？」

ズバリと核心をつかれて、創吾は勢いよく関本に向き直った。反応が鈍《にぶ》かったクラスメイトの、唐突《とうとつ》ともいえる激しい動作に、関本は再びため息をつく。

「図星か」

「図星や」

「威張《いば》るな。今度は何で怒らせたんや」

「……わからん」

「わからんのか……」

はー、と関本はまたため息を落とした。

それにかまわず、創吾は独り言《ひとりごと》を言うようにつぶやく。

「昨日、頭突《ずつ》きされて怒鳴られて、一昨日《おととい》も怒ってたこと思い出して。そんで今朝、とにかく謝ろう思《おも》て迎えに行ったら、なっちゃん、家出た後で。なっちゃんが先に登校してるってことは怒ってるってことやて、それは前んときにわかったから……」

ほとんど眠れないまま夜を徹《てっ》して考え出した結論が、謝るしかない、である。

僕は自分が何をしでかしたかもわからん、謝るしかできんアホや……。

己《おのれ》の無能さに絶望的な気持ちになりつつ夏海を迎えに行ったところ、彼は既に家を出た後だったのだ。

なっちゃん、物凄く怒ってる。

そうわかったときのショックは大きかった。なぜなら、今回もやはり夏海がなぜ怒っているのかわからなかったからだ。同時に、ひょっとしたら待っててくれるかも、という淡い期待を抱いていた自分にも、つくづく嫌気がさした。

体育の時間に夏海を避けたのは、顔を合わせるのが怖かったからである。また気付かないうちに、夏海が怒るようなことをしてしまうかもしれない。そう思うと、近寄ることができなかった。夏海も近付いてはこなかった。

なっちゃんやっぱり怒ってる、と確信して、創吾が更に落ち込んだのは言うまでもない。

「なっちゃん、何で怒ったんやろ……」

我知らずつぶやくと、関本は短く刈《か》った頭をガリガリとかいた。

「ほんまに学習能力のないやっちゃのう。何べん同じことくり返すんや。勉強ができるだけのマヌケやて言われてもしゃあないぞ」

ばかにする風ではなく、かといって冗談でもなく、しみじみとした口調で言われては、返す言葉もない。

「とにかくモップは動かせ。モップ動かしたら、何で小田切が怒ったんか俺も考えたるから」

強引に背を押されるまま、創吾はのろのろとモップがけを開始した。

「で？　小田切が怒鳴った言うとったな。しかも頭突きて、えらい激しいやないか。何て言いよったんや」

「嫌やて言うてるやろが。て怒鳴られた」

「はあ？　それやったら怒った理由なんかすぐわかるやないか。おまえが小田切の嫌がることしたからやろ」

嫌がること。

ってやっぱりキスとか、触りまくったこととか、やんな……。

「けど、途中までは嫌がってへんかったと思うねん」

「そしたら途中から嫌やってんやろ。小田切が怒ってへん思て、おまえが調子こいて暴走したんとちゃうんか？」

「暴走……」

した。確かに暴走した。

昨日、初めてキスをしたというのに、一気に触るところまでやってしまったのだ。

「……けど、ほんまに嫌がってへんかったと思うんや」

むしろかなり積極的だったと思う。そもそも、キスをしてきたのは夏海の方だったのだ。それもかなりディープなキスだった。

キスだけではない。首筋にまわされたしなやかな腕も、ぴたりと寄り添ってきた上体も、まるで行為を誘っているかのようだったと思う。シャツのボタンをはずそうとして果たせず、夏海がつけた爪跡《つめあと》は、今も創吾の胸元に残っている。

夏海が嫌がったのは、たぶん、下肢《かし》に触れた辺りからだ。触れたことそのものが嫌だったのか。触る前に好きとくり返したのがだめだったのか。触れた後、硬くなっていると言葉に出したのが悪かったのか。

それとも、実際にキスをして触ってみて、同性である創吾とそうしたことをするのが気持ち悪くなったのだろうか。やはり恋愛対象にはならないと気付いたのだろうか。そういう関係になるには『重い』と思ったのだろうか。

あるいは一昨日、夏海の家の玄関先で少女と遭遇《そうぐう》した後、怒らせてしまったことが関係しているのか。改めて考えてみれば、何が原因で夏海が怒ったのか、聞いていないままなのだ。

そう、聞かないままキスをして、触ってしまった。

「あかん、全然わからん……」

うめくようにつぶやくと、関本は盛大《せいだい》な舌打ちをした。モップを片手に持ち、仁王立《におうだ》ちになる。創吾と同じぐらいの背丈で、尚かつ横幅もがっちりとある彼がそうして立つと、かなりの迫力だ。

「どこまで怒ってへんかって、どこから怒ったんかわかるんやったら、今度から小田切が怒るラインを越えんかったらええやろが」

「や、でも、僕が怒ってへんかったて思てるだけで、ほんまは怒ってたんかもしれんから」

どんどん自信がなくなってきて、そんな風に言う。すると、関本はもう何度目かわからないため息を落とした。

「とにかく、ちょっとでも心当たりがあるんやったらさっさと謝れ。小田切のことや、謝ったら許してくれる思うぞ」

「許してくれるやろか……」

「許してくれるやろ。今までかて、あいつがおまえのこと許して続いてきたんやろが」

恐ろしく的《まと》を射たことをサラリと言ってのけた関本は、ため息をついて窓に目を遣《や》った。かと思うと、お、と声をあげる。

「小田切や。一組、校庭の掃除に当たったとったんやな」

ほとんど条件反射で窓にはりつくと、確かに夏海がいた。掃除の時間がそろそろ終わりに近付いてきたせいか、数人の男子生徒と一緒に木陰《こかげ》にしゃがみこんで雑草《ざっそう》を引き抜いている。

今日、初めて創吾はまともに夏海を見た。

顔色がよくない気がする。動作にも、心なしか元気がない。

……僕のせい、やんな。やっぱり。

「なっちゃん……」

我知らず呼ぶと、はー、と海よりも深そうなため息が聞こえてきた。

「……深津、おまえ今すぐ小田切んとこ行ってこい。そんで謝ってこい」

「けど……」

「このまま小田切と一生口きけんでもええんか？」

「それは嫌や！」

創吾は即答した。夏海と一生口がきけないなんて、そんなことになったら生きている意味がない。

関本は苦虫《にがむし》を噛《か》みつぶしたような顔をした。どこまでも微妙にムカつくやっちゃなあ、とぶつぶつつぶやく。

「ここでぼうっとされとってもも邪魔やしな。センセには俺が適当に言うといたるから、とっとと行け」

乱暴にモップを奪われて、しっしっと追い払う仕種《しぐさ》をされる。

すまん、と謝るのもそこそこに、創吾は図書室を飛び出した。


校庭に出た途端、真夏の太陽がギラギラと照りつけてきた。校舎の中も暑かったが、陰になっている分、まだ涼しかったようだ。日の光にさらされた外の暑さは尋常《じんじょう》ではない。

けれど、駆ける足は止まらなかった。日差しのあまりのきつさに目を眇《すが》めつつも、夏海がいた場所を目ざす。

とにかく謝ろう。

土下座してでも謝って、許してもらうしかない。

先ほど夏海がしゃがみ込んでいた木陰が見えてきた。が、そこには数人の男子生徒がたむろしているだけで、肝心《かんじん》の夏海の姿はない。

「なっちゃんは？」

木陰に着くなり尋《たず》ねると、その場にいた全員がぎょっとして振り向いた。創吾を認めた一同は、なぜか感心したような、それでいてあきれたような表情を浮かべる。

「小田切やったら体育館の裏やと思うで」

「ついさっき二年のタマキさんが連れてった。一足違いや」

ほぼ同時に二人の生徒が答える。

「二年のタマキてどんな奴や」

間を置かずに問うと、ひきつった笑いが返ってきた。

「おいおい深津、おまえタマキさんにコクられたんとちゃうんかい」

「殿村《とのむら》がめちゃめちゃ羨《うらや》ましがっとったぞ」

彼らの言葉を最後まで聞かず、創吾は再び駆け出した。行き先はもちろん体育館の裏だ。

決してとぼけたわけではなく、創吾は道場の前で告白してきた女子生徒の名前を本当に覚えていなかった。名前を聞いたような気もするけれど、記憶に残っていない。もっと言ってしまえば、顔形もほとんど覚えていなかった。必要のないデータとして、脳が自動的に消去してしまったようだ。

そのタマキがなっちゃんに何の用や。

媚《こ》びたかと思えば高飛車《たかびしゃ》に出たり、傲慢《ごうまん》な物言いをしたり。間違っても感じの良いタイプではなかった。それだけは覚えている。

流れ落ちる汗を拭《ぬぐ》う余裕もなく、陽炎《かげろう》がたつほど熱せられた白い校庭をつっきる。短距離のテストでも、こんなに真剣に走ったことはない。ようやくたどり着いた体育館の角を曲がる。

すると、夏海と女子生徒が視界に飛び込んできた。暑さを避けるためか、建物の陰に沿うように対峙《たいじ》している。

「なっちゃん!」

思わず呼ぶと、こちらに背を向けていた夏海が振り向いた。

「創吾」

驚いたように呼んだ夏海の腕を、ためらうことなくつかむ。

夏海を怒らせてしまったことは、頭から飛んでしまっていた。守りたい一心でつかんだ腕を引っ張り、自分の方へ引き寄せる。

驚いたのは女子生徒も同じだったようだ。目を丸くしてこちらを見上げてくる。

「なっちゃんに何の用や」

タマキをにらみつけると、夏海が突然、プ、と吹き出した。

この場に似合わない反応に驚いていると、そのまま肩を震わせ、さもおかしそうに笑い出す。

「なっちゃん？」

「小田切君？」

不本意ながらもタマキと同時に呼ぶと、夏海は顔を上げた。そのこげ茶色の双眸《そうぼう》が見つめたのは、創吾ただ一人だけだ。

「や、俺、ほんまに発信機ついてるみたいや思て……」

「発信機？」

うん、と頷くと、夏海はようやく笑いを止めた。そして創吾がしっかりつかんでいる自分の手首に視線を移す。ここについとんのかなあ、とひとりごちて、またクス、と小さく笑った。

うわ、かわいい。

懲《こ》りずに見惚《みと》れていると、創吾、と静かに呼ばれた。思わず、はい、と返事をする。

……そおやった。僕昨日、なっちゃんを泣かして怒らせてしもたんや。

慌ててきつくつかんでいた手首を放そうとする。

すると、くるりと夏海の手首が返った。細い指が創吾の手をきゅっと握る。

わ、何？　何で手ぇつないでくれるんや？

驚いて、どうしていいかわからなくて、でも嬉《うれ》しくて夏海を見下ろす。

夏海はというと、自《みずか》らつないだ手をじっと見つめていた。うつむき加減なので表情はよくわからないが、怒っている風ではない。むしろ満足そうだ。

「先輩は、おまえのことで俺に話があったんや。おまえがしょっちゅう俺にくっついて、なっちゃんなっちゃんてガキ呼ぶみたいに呼んでるから、俺が迷惑してるんやないかて心配してくれてん。そんで、おまえを俺から離してくれるんやて。女の子も紹介してくれるそうや。そのために、俺にも協力してほしいって言われてん」

ゆっくりとした口調で言った夏海は、そういうことですよね、とタマキに同意を求めた。呆《あっ》気《け》にとられていた彼女は、ようやく我が意を得たりと頷く。

「そう。そうやねん。深津君、自分で気付いてへんみたいやけど、高校生にもなってカノジョより男友達とるて、おかしいで。せやからわたしが」

「こいつは、付き合う気はないて言いませんでしたか？」

言いつのるタマキを遮《さえぎ》ったのは、夏海だった。けどそれは、とまだ言葉を続けようとする彼女を再び遮ったのも、夏海だった。

「お断りしますて、言いませんでしたか」

柔らかいながらも迫力のある声音に、タマキは怯《ひる》む。

「な、何よ。人がせっかく親切に言うたげてんのに。小田切君、このまま深津君がずっと離れんでもええの？」

「いいですよ」

夏海はあっさり頷いた。これには創吾も、えっと思わず声をあげた。

すぐ側《そば》に立っている夏海を、まじまじと見下ろす。

こげ茶色の大きな双眸は、まっすぐにタマキを見ていた。その横顔に映《うつ》る表情は落ち着いていて、迷っている様子は欠片《かけら》もない。

「俺、自分で言うのも何やけど、かなり王様なんです。創吾ぐらい世話焼いてくれる奴で、創吾ぐらい世話の焼ける奴やないとつまらん」

淡々《たんたん》と言ってのけた夏海は、つないだ手にきゅっと力をこめた。

「こいつ、俺のもんやし。近寄らんといてくれますか？」

創吾は目を見開いた。

なっちゃんが、僕のことを俺のもんて言うてくれた。

しかも他人に向かって、宣言するように、きっぱりと。

「……っ！」

歓喜のあまり叫び出しそうになる自分を、創吾は何とか抑《おさ》えた。かわりに、夏海がつないでくれた手にぎゅっと力をこめる。

今この瞬間、世界で一番幸せなのは間違いなく自分だ。

いや、宇宙で一番かもしれない。

「な、何言うてんの、小田切君。そんなんおかしいやんか」

「おかしいのはあなたでしょう。部の先輩に聞いた話やと、自分やったら創吾をオトせるて豪語《ごう ご》しとったらしいやないですか。創吾をオトせるかどうかで、賭《か》けみたいなことしてたとも聞きました。しょうもない遊びのために、人のこと利用するんはやめてください」

かわいい唇から出てきた辛辣《しんらつ》な言葉に、タマキはカッと赤くなった。怒りのためか、あるいは屈辱《くつじょく》のためか、顔がひきつっている。

「そおや、遊びで言うただけや。わたしが本気で一年を相手にするわけないやろ。思い上がらんといて」

早口で言い立てると、彼女はいきなり駆け出した。

後には、手をつないだままの夏海と創吾が残される。

タマキの姿が完全に視界から消えると、夏海は大きく息を吐いた。かと思うと、イー、と子供のように歯をむく。

「二度と俺の創吾に近付くな」

小さなつぶやきを耳に入れた創吾は、我慢できずに夏海の手を強く引いた。そのまま有無《うむ》を言わせず、華奢《きゃしゃ》な体をきつく抱きしめる。

「なっちゃん、なっちゃん……!」

「暑っ、暑い! コラ、創吾、放せ!」

「なっちゃん、好き。好きや。大好き」

暑さなどどうでもよかった。

嬉しくて幸せで、離したくない。

抱きしめる腕に力をこめると、夏海は体の力を抜いた。そっと背中に腕をまわしてくる。

「……ごめんな、創吾」

「？　何が？」

「いろいろ。昨日もやけど、ここ何日か俺、態度悪かったよな」

ごめん、ともう一度謝った夏海に、創吾は瞬《まばた》きをした。

態度悪かったて、怒ってたことを言うてるんやろか。

怒らせたんは僕なんやから、なっちゃんが謝ることないのに。

そう言おうとすると、ポコ、と背を叩かれた。

「けど、おまえも悪いんやぞ。飯で俺のことつるし」

「？」

「葵《あおい》ちゃんにええ顔するし」

「え？」

「俺のもんにしてくれて言うから、俺、俺がするもんやとばっかり思てたのに、おまえの方がしてくるし」

「は……？」

言われたこと全てがさっぱりわからなくて、創吾は自分が物凄くバカになったのではないかと思った。嬉しすぎたショックで、言語を理解する能力が壊れてしまったのかもしれない。

ぽかんとしていると、腕の中で夏海が顔を上げた。そしてきつい視線を投げてくる。

「おまえ、俺が今言うたこと全然わかってへんやろ」

「……………」

赤く染まった頬と潤《うる》んだ瞳が、凶悪なほどかわいい。

頷くのも忘れて見惚れていると、チャイムの音が辺りに響いた。掃除の時間は終わったようだ。

パチパチと瞬きをした夏海は、照れ隠しをするように創吾の頭を軽く叩いた。

「しかも人の話聞いてへんし……。あーもうええわ、後で説明したる」

うん、と創吾は頷いた。

何か全然わからんけど、わからんでももうええ。

わからなくても、自分は夏海のものだから、いいのだ。

自室のドアをノックすると、おう、と夏海の応《こた》えが返ってきた。蝶《ちょう》つがいをぶち壊す勢いで、創吾はドアを開ける。

夏海は昨日と同じく、コンポの前に座っていた。ただし、今日はちゃんと創吾の方を向いている。

「お待たせ、なっちゃん！」

笑顔全開で言って、いそいそと夏海の正面に座る。おろした盆《ぼん》に載《の》っているのは、昨夜、どうしても眠れなくて作った夏海の好物、マンゴープリンだ。

「はい、なっちゃん。どうぞ」

ガラスの器《うつわ》に盛りつけたプリンを差し出すと、夏海はあからさまに眉を寄せた。

「マンゴープリン、嫌いやった？」

そんなはずはないけど、と思いつつ問う。すると夏海は案《あん》の定《じょう》、いや、と首を横に振った。

「好きや。好きやけど……」

こげ茶色の瞳がちらりと創吾を見遣《みや》る。

あ、かわいい。

早速見惚れていると、夏海はため息を落とした。

「こういうの、食いもんにつられてるみたいで嫌やてさっき言うたやろ」

「つってるつもりなんか全然ないよ。なっちゃんに旨《うま》いて言うてもらうんが、ほんまに嬉しいんや」

ニッコリ笑って言うと、夏海は不満そうに唇をへの字に曲げる。その様子がまた、たまらなくかわいい。

放課後、創吾は夏海と一緒にお好み焼き屋に寄った。そこで、夏海が言っていた『おまえも悪い』ところを聞いたのだ。

まず、一つ目。飯で俺をつる。

おまえ、何かあるとすぐ俺が好きなもん作るって言うやろ。そういうの、好物食わしといたらおとなしいしてるて思われてるみたいで、嫌やってん。

今までもずっとそんな風に思てたん？　と驚いて問うと、豚玉《ぶたたま》をかじっていた夏海は首を横に振った。そして鉄板の上でじゅうじゅうと音をたてているお好み焼きに視線を落としたまま、ぼそぼそと小さな声で言った。

今までと、今とはちゃうやろ。今は、友達、やないのに……、それやのに今まで通りにされると、何か子供扱《あつか》いされてるていうか……、家族扱いされてるみたいで、嫌やったんや。

父親と父親の恋人、そしてその恋人の子供の四人で時間をすごした夏海は、創吾が誰よりも身近ではあるけれど、決して『家族』ではないことに改めて気付かされたのだという。

創吾が立つことが多い台所に、父の恋人が立っているのを見たとき。いつもは当然のように創吾が陣取《じんど》る自分の隣に、葵が腰かけてきたとき。また、四人で話しているときでも、ふと創吾のことを考えてしまったというのだ。

創吾は今頃どうしてるやろ？　気になる。会いたい。顔が見たい。一緒にいたい。

そんな風に思ったというのに、当の創吾は今までと変わらず好物を作ってあげると言う。

その創吾の物言いが母親が子に対して言っているように聞こえて、おもしろくなかったらしい。同時に、不安にもなったという。

創吾は俺を、ほんまに恋愛対象として好きなんやろか、と。

「せっかく作ったんやし、食べて？」

な、と優しく促《うなが》すと、夏海はわずかに表情を緩《ゆる》めた。ん、と頷き、いただきます、と軽く手を合わせる。

オレンジ色のプリンが夏海の口に含まれるのを、創吾は至福《しふく》の思いで見つめた。

『悪いところ』の二つ目は、笑顔についてだった。葵に対する笑い方が、やたらカッコよすぎたと言うのである。

おまえ、俺には顔中で笑うくせに、他の人にはめちゃめちゃ落ち着いた感じで笑うやろ。前にヨシカワさんと一緒におったときもそうやったし。葵ちゃんなんか、おまえが帰った後、おまえがカッコエエてそればっかりやったんやぞ。しかも俺のこと、おまえの真似してなっちゃんて呼び始めるし。そんで何かちょっとやけど、ムカッとして。

創吾はまたしても驚いた。食べかけていたソバメシでむせるぐらい驚いた。

なっちゃん、それは愛想《あいそ》笑いや。僕、むりくり笑うとそういう顔になんねん。

愛想笑いぃ？　と不審げに問い返した夏海に、創吾は大きく頷いた。

そお。なっちゃん以外の人に笑うときは、ほとんど愛想笑いやねん。それが落ち着いて見えるだけや。

ふうん、と夏海は頷いた。その顔は、どことなく満足そうだった。

ムカッとしたってことは、なっちゃん、ヤキモチ焼いてくれたってことやんな。

パクパクとプリンを食べる夏海をうっとり見つめながら思う。

なっちゃんにヤキモチ焼いてもらえるなんて、僕は世界一の幸せもんや。

体が溶けてしまいそうなぐらいの幸福感に酔いしれていると、ふと夏海が顔を上げた。創吾の視線に気付いたらしい。

スプーンをくわえたまま、彼はニコ、と笑った。その無防備な笑みに、勢いよく心臓が跳ね上がる。

うわ、めちゃめちゃかわいい。

頬が熱くなるのを感じていると、プリンを食べ終えた夏海は満足そうにスプーンを置いた。

「ごちそうさま。旨かった」

「まだたくさんあるけど、食べる？」

んー、と夏海は首を傾げる。

「食べるけど、三つ目、まだ話してへんし。それ話してからな」

そうなのだ。お好み焼き屋で夏海が話してくれた『おまえが悪い』ところは、二つだけだった。三つ目は、うち帰ってからな、と言って話してくれなかったのだ。

今度は何を言われるんやろう……。

一つ目と二つ目の説明は、のたうちまわりたくなるほど嬉しい内容だった。夏海が自分を恋愛対象として見ていてくれることがはっきりとわかったからだ。

けれど、三つ目の説明も嬉しいことだとは限らない。

思わず居住まいを正すと、夏海はゴホンと咳払《せきばら》いした。そしてなぜか視線をそらしてしまう。

「……おまえ、僕を全部あげるって言うたやんか」

「うん」

「なっちゃんのものにしてってて、言うたやろ」

「うん、言うた」

頷くと、夏海はきつく眉を寄せた。

「せやから俺、おまえのこと……」

一度言葉を切った夏海は、ちらとこちらを見た。小作りな顔は真っ赤だ。顔だけでなく、耳や首筋まで赤い。

「俺、おまえを、抱くつもりやってん」

ぶっきらぼうに発せられた言葉に、創吾はすぐには反応できなかった。

抱くって、なっちゃんが？

僕を？

……マジで？

創吾は思わず目を剝《む》いた。が、幸いなことに、夏海には創吾の反応を気にしている余裕などなかったらしい。うつむいたまま一息に続ける。

「それやのに、おまえにキスされて触られて、めちゃめちゃ気持ちようなって、いつのまにか俺が抱かれるみたいな状況になってて……。そんでびっくりしてやめろて言うたけど、そんときにはもう勃《た》ってて、しかもおまえに触られて、抵抗しても簡単に押さえ込まれてしもて……。めっちゃ恥ずかしい気持ちと、悔しい気持ちと、立場逆になって動転したのとでパニクってしもて、そんで、俺……、ごめん……」

小さな声で謝られて、創吾はこくりと息を飲んだ。

「つまり……、つまりなっちゃんは昨日、僕を抱くつもりやったんやな？」

夏海が自らキスしてきたのも、シャツのボタンをはずしてきたのも、抱くつもりでいたからだったのだ。けれどキスされて自分が気持ちよくなってしまい、最終的には抱かれそうになって混乱した。

そういうことか。

改めて尋ねられたことが恥ずかしかったのか、夏海は横を向いたまま怒鳴った。

「今そう言うたやろが！　人の話はちゃんと聞いとけ！」

「や、聞いてたけど。でも僕はなっちゃんに抱かれるて、一回も考えたことなかったから」

夏海を抱くことは、今まで何度も想像してきた。けれど、夏海に抱かれるという考えは全く頭になかった。

「何で考えたことないねん」

「何でって……」

創吾は夏海を見つめた。

せやかてこんなにかわいいんやで？　抱かれるて想像できんやんか。

「そら俺はおまえよりかなり小柄やし、見た目も男らしいない。けど俺かて男やぞ」

思い切りにらみつけられたというのに、創吾はたまらない愛しさが湧《わ》いてくるのを感じた。

なっちゃんや、と思う。

目の前にいるのは、間違いなく小田切夏海だ。

予想通りにはいかない。想像の範囲になど収まってくれない。いつも思いもかけない盲点《もうてん》をつかれる。

最大の謎を秘めた、最愛の人。

自然に体が動いた。ガラスの器を押《お》し退《の》け、夏海の脇《わき》に手をつく。真っ赤になった小さな耳に唇を寄せても、夏海は逃げようとはしなかった。

「なっちゃん」

「……何」

「僕のキス、気持ちよかった？」

「……そう言うたやろ」

怒ったような物言いが愛《いと》しい。

「僕、なっちゃんにやったら抱かれてもええ。けどそれ以上に、なっちゃんを抱きたい。もっともっと、気持ちようしてあげたい」

囁いて、貝殻《かいがら》のような耳の縁《ふち》にそっと歯をたてる。ビク、と夏海の体が強張《こわば》った。

「僕に抱かれるんは、嫌？」

耳に直接声を吹き込むと、夏海は小さく首を横に振った。

「嫌やない、けど」

「けど？」

「なっちゃん、やのうて、夏海って呼べ」

「ええけど、何で？」

「その方が、コイビトって感じするやろ……」

接近していなければ恐らく聞こえなかっただろう、小さな、本当に小さな声で言われて、創吾はたまらず夏海をきつく抱きしめた。

キスをして、シャツのボタンをはずして、またキスをした。夏海も創吾のボタンに手をかけたけれど、昨日と同じく三つ目をはずしたところで止まってしまった。

前を全部開けて直接素肌に触れると、風呂入ってへん、と震える声で言われた。ええよ、と答えて自らもシャツを脱ぎ捨てた創吾は、またキスをした。僕も入ってへんし、と囁いた唇で赤く色づいた胸の尖りに口づけると、夏海は小さく声をあげた。

そうして夏海がくたりともたれかかってくるまで、何度もキスをくり返し、反応を返してくる場所を探して小麦色の肌を愛撫した。

腕の中で確実に温度を上げてゆく体に、創吾は夢中になった。こげ茶色の双眸を潤《うる》ませ、濡れた唇で喘《あえ》ぐ夏海が、想像していた以上に艶っぽくて、愛しくてかわいくてたまらない。

元来、感じやすい体質なのだろう。反応が返る場所を集中して責めると、華奢な体は如実《にょじつ》に快感を訴《うった》え、震えっぱなしになった。好きやと囁くだけでも感じるらしく、小麦色の肌は色づき、悶《もだ》える。唇をかみしめて堪《こら》えようとするものの、結局堪えきれずにあがる甘い声が、耳に毒なほどだった。

夏海の高ぶった下肢に触れたのは、シャツを脱がせた細い体をベッドに横たえてからだ。ベルトを緩め、ジッパーをおろして下着の奥へ指先を滑《すべ》り込《こ》ませようとすると、腕をきつくつかまれた。

「やっ……！」

「なっちゃん」

宥《なだ》めるように呼ぶと、きつく閉じられていた瞼《まぶた》が薄く開いた。熱で潤んだ瞳が、キッとにらみつけてくる。

「なまえ……」

「あ、ごめん」

こんな状況でもこだわる夏海が愛しくて、創吾は思わず微笑《ほほえ》んだ。

「……夏海」

そっと呼ぶと同時に、布越しにでも欲情しているのがはっきりとわかる前に直接触れる。たちまち夏海の唇から甘い悲鳴が漏れた。再びきつく目を閉じ、絶頂の波を抑えようとするかのようにしきりと口で息をする。

自《みずか》らの下肢にも熱が溜まってくるのを感じながら、創吾は初めて触るそれを愛撫した。何度も頭の中でくり返した行為よりも丁寧《ていねい》に、じっくりとそれを弄《いじ》る。

「あっ、や、あ、も」

まだいくらも触っていないというのに、夏海が限界を訴えた。濡れた音が部屋に響く。

「そ、創吾っ……」

「ええよ。出して？」

促《うなが》すまでもなく、夏海は呆気なく達した。創吾の手が、放たれた熱で濡れそぼる。

「は、あ……」

ぐったりと四肢《しし》を投げ出した夏海を見下ろし、創吾は目を細めた。

想像していたよりずっと、夏海の体は魅惑的だった。しっとりと濡れて上気《じょうき》した胸や腹を無防備にさらし、下肢を暴《あば》かれた状態で浅い呼吸をくり返す様《さま》は、ひどく扇情的だ。朱《しゅ》を掃《は》いたような目許《めもと》や、うっすら開かれた唇がたまらなく色っぽい。

夏海をこんな風にしたのは自分だと考えただけで、ただでさえ熱い体が更に熱くなる。

汗でずれそうになった眼鏡を取り払っていると、身じろぎをした夏海が見上げてきた。

「おまえ、は……？」

「僕？」

「おまえのも、する……」

上体を起こしかけた夏海を、創吾はそっとベッドへ押し戻した。

「僕のは、もっと後でええよ」

囁いて、細い腰からずり落ちかけていた下着を片手で更に引き下ろす。そのまま足を使って学生ズボンごと脱がせてしまうと、夏海は小さく声をあげた。

「あ……」

恥ずかしいのか、閉じようとする足の間に、創吾はすかさず己の体を入れた。普段、眼鏡をかけてはいるものの、それほど視力が悪いわけではない。組み敷いた夏海の体の隅々《すみずみ》まではっきりと見える。我知らず、こくりと喉《のど》が鳴った。

なっちゃん、と呼ぼうとして口を噤《つぐ》む。そして改めて、夏海、と優しく呼びかける。夏海をほしがっている激しい欲を、できるだけ感じさせないように。

「僕は、夏海に入れたい。夏海のここに」

すんなりと伸びた両足の奥に、夏海が放ったもので濡れた指先を滑り込ませる。そこを探りあてると、ビク、と大袈裟《おおげさ》なほど夏海の体が震えた。居心地が悪そうに体をよじる。

「やっぱり、風呂入った方が……」

真っ赤になりながら言った夏海に、首を傾げる。

「何で？」

「せやかて、そこは……」

「怖い？　嫌？」

「そ、そうやない！　……けど、あ！」

夏海が強く首を横に振ったのを見届けてから、創吾は指をそこに潜《もぐ》り込《こ》ませた。ひきしまった足がぎゅっと体を挟んでくると同時に、指がしめつけられる。一度達したせいか、夏海の内側が燃えるように熱くなっているのを感じて、また下肢の欲求が強くなった。

この熱い場所に入れたい。

夏海の中に入りたい。

「なっちゃん、力抜いて……」

力が入っているせいで、夏海の足にはきれいに筋肉が浮き上がっていた。その滑《なめ》らかなラインを、宥めるように撫でる。

しかし、夏海はきつく目を閉じたまま頭を振った。

「や、あ、抜け……」

「なっちゃん、僕を抱こうとしてたんやから、知ってるやろ？　ここに、気持ちええとこがあるんや。そこ、触ったげたいねん」

掠《かす》れた声で言うと、苦しそうに浅い呼吸をくり返していた夏海は、大きく深呼吸をした。何度も何度も大きく息をする。

そうしているうちに、指を入れたそこは次第に柔らかくなってきた。

「気持ちよう、したげるから」

低い声で囁いた創吾は、ゆっくり指を動かし始めた。

意識して大きく息をするようにしているようだが、それでも苦しいらしい。夏海の目尻に涙が滲《にじ》む。シーツを握りしめた指にも、かなり力が入っているようだ。

早く気持ちよくしてやりたい。

僕が、気持ちようしてあげたい。

その一心で丹念《たんねん》に指を動かしていると、突然、夏海の体が大きく跳ね上がった。

「ア！」

指を入れてからきつく閉じられたままだった目が大きく見開かれたのが、衝撃の大きさを物語っている。

「ここ？　気持ちええ？」

さっき触れた場所を指の腹できつく押す。返ってきたのは肯定の返事ではなく、高い嬌声《きょうせい》だった。自分でも信じられないほどの刺激を受けたらしく、潤んだ目は見開かれたままだ。

「やっ、な、に……？」

乱れた吐息の合間に聞こえた言葉によって確信を得た創吾は、意識してそこを愛撫した。堪えようとしてもできないらしく、夏海は次々に色を帯《お》びた声をあげる。

指一本なら楽に動かせるようになる頃には、夏海の前は再び高ぶっていた。内側に入れた指を動かす度《たび》、触れてもいないのに滴《しずく》をあふれさせる。その滴が後ろへつたい、指の動きを更に滑らかなものにする。

快感に正直に悶える体と、その中心で無防備に立ち上がる細身の劣情《れつじょう》。

それらを前にして、創吾は軽い目眩《めまい》を覚えた。

なっちゃんが、僕でこんなに感じてる。

「なっちゃん、なっちゃん……」

正直、これほど夏海が乱れるとは思っていなかった創吾は、返ってくる過敏な反応に夢中になった。焦《じ》らす余裕もなくもう一本指を加え、そこをきつく愛撫する。

「んあっ！　あぁ……！」

夏海が耐えきれなくなったように自分の前に手を伸ばした直後、それは弾《はじ》けた。解放された熱が夏海の腹や胸にまで飛び散る。同時に創吾の指もきつくしめつけられた。

が、夏海が大きく息を吐くと、そこもたちまち緩む。

結局、直接触られることなく二度目の絶頂を迎えさせられた夏海は、うー、と小さくうなって両腕で顔を隠した。

「もぉ……、や、や……。そ、ごの、アホ……」

ヒク、としゃくりあげる声がして、創吾は焦《あせ》った。

「えっ、嫌やった？　気持ち悪かった？」

「気持ち、悪うて……、何で、こんなに……、なるねん……！」

上ずった声で怒鳴った夏海は、あ、と背をしならせた。まだ中に入っていた指が、感じる場所に当たってしまったらしい。うー、とまたうなる。

「くそ……、やっぱ……、俺が、やったらよかった……」

「なっちゃんが、僕を気持ちようしてくれるん？」

「夏海！」

腕の下から怒鳴られて、創吾は微笑んだ。

愛しい。愛しくて、ほしくてたまらない。

下肢に凝《こご》った熱はそろそろ限界に近付いている。

「夏海が、僕を気持ちようしてくれるんか？」

「……そおや。めろめろ……、に、したんねん……」

「それやったら、大丈夫や。今から、めろめろにしてもらうから」

囁くように言って、からみついてくる熱い内壁を擦《こす》るように指をゆっくり引き抜く。

「あ……っ」

背をそり返らせた夏海は、甘い悲鳴をあげた。かと思うと、ぐったりと力を抜く。

「……夏海」

体を伸ばし、顔を隠している腕を取り去る。すると、涙と汗に濡れた愛らしい顔が現れた。頬も目許も真っ赤だ。

夏海、ともう一度優しく呼ぶと、そらされていた視線がためらいがちに戻ってきた。熱で潤んだこげ茶色の大きな双眸が、なぜか怒ったようににらみつけてくる。

不思議なことに、なぜにらみつけられたのか、このときはすぐにわかった。

夏海は恥ずかしいのだ。そしてまた、これから先の未知の行為をわずかに恐れてもいる。

「やめる……？」

汗で額《ひたい》にはりついた前髪をそっと払ってやりながら尋ねる。

夏海が怖いのなら、やめてもいい。

せやかてなっちゃんが怖いんやったら、僕だけ気持ちようても何の意味もないやんか。

夏海を思う存分感じさせることができただけで、今日は満足だ。

「やめるって……？」

怪訝《けげん》そうに問われて、創吾はニッコリ笑ってみせた。

「入れるの、やめよか」

「……おまえは、どないすんねん」

夏海はきつく眉を寄せた、さっきから硬くなった創吾の劣情が、布越しに何度も夏海の腿《もも》に当たっている。創吾が欲情していることを、彼もわかっているのだ。

「それはまあ、自分で」

「いや」

短く言って、夏海は腕を伸ばし、きゅっと首筋にしがみついてきた。

「なっちゃん……？」

「嫌や……。俺が、いるのに……、おまえが、一人でするんは、嫌」

入れてほしい、と小さな声で懇願《こんがん》されて、創吾は息を飲んだ。

もう一秒も我慢できそうにない。

「できるだけ、優しいする。痛《いた》ないように、ゆっくりするから」

一刻も早く夏海の中に入りたいと逸《はや》る体の欲を、精一杯努力して抑えつけ、囁く。

「うつ伏せになった方が、楽やと思うんやけど。どないする？」

「……う。そしたら……、そうする」

夏海は創吾の首から名残《なご》り惜《お》しげに腕を離した。快感の余韻《よいん》に震える体を、自らうつ伏せにする。しかしやはり恥ずかしいらしく、膝《ひざ》を折り、胎児《たいじ》のように丸くなってしまった。

「もうちょっと、こうしよか」

「え？　あ、あ」

腰を抱え上げ、両足を開かせる。いささか性急な動作になってしまったのは仕方がない。本当に限界ぎりぎりなのだ。

創吾は素早くベルトを緩め、下着ごと学生ズボンを押し下げた。間を置かずに猛《たけ》った己自身を、露になった夏海の後ろにあてがう。

ひくく、と細い腰が揺れた。

「んっ……」

「入れるで……？」

シーツに顔を伏せた夏海が頷いたのを確認して、創吾はできる限りゆっくり体を進めた。

「あ、あっ！　痛っ、痛い……！」

「っ！」

指で拡《ひろ》げたとはいえ、初めて創吾を受け入れるそこはきつい。夏海もかなり痛みを感じているようだ。痛い、創吾、痛い、と掠れた涙声でくり返す。その声は、快感より苦痛の色の方が濃い。

が、ここまできてしまっては止められない。

「ごめん、なっちゃん……、もうちょっと、我慢して……」

先端が入ってしまうと、後は想像していたよりスムーズに入ってゆく。しかし、熱い壁がしめつけてくる強さは変わらない。苦しげな声も止まらない。

痛みから逃れようとするかのように、夏海は前のめりになった。背がしなり、肩甲骨《けんこうこつ》が浮き出る。シーツを握りしめた指が白くなる。

「やぁ！　いやっ……！」

きつくしめつけられて、創吾は低くうめいた。

「も、ちょっとやから……、力、抜いて……」

少しでも快感を与えてやれないかと、夏海の前に手をまわす。すっかり力を失ってしまったそれを握ると、ひ、と悲鳴のような高い声があがった。

そのままきつめに愛撫してやる。既に二度快楽を味わったそれは、敏感に反応した。ガクン、と夏海の体が揺れる。

「あぁっ……！」

きついばかりだった後ろがわずかに緩むと同時に、創吾の全てがそこに飲み込まれた。泣き声とも嬌声ともつかない、ひどく甘い声が夏海の唇から漏れ出る。

感じてくれてる。

休まずに指を動かしてやると、熱い壁が脈打つ創吾にからみつくような動きをした。苦痛の色が濃かった声にも、甘さが混じってくる。

「あ、ん」

「っ……！」

動かしていないのに達してしまいそうになって、愛撫を中断する。すると、夏海の腰が先をねだるように揺らめいた。その動きが内側にも伝わってきて、きつく歯を食いしばる。

ああ、あかん。どないしょう。

どうにかなってしまいそうなぐらい気持ちがいい。夏海の中に入っているのだと思うだけで、今にも達してしまいそうだ。

「なっちゃん……、夏海、動くで？」

止めていた手の動きを再開しつつ、創吾は夏海の奥まで入り込んでいた自らも動かした。我慢できたのはわずかの間だった。長く尾をひく艶《つや》やかな悲鳴を耳に、初めて夏海の中で絶頂を迎える。ほぼ同時に、掌《てのひら》の中の夏海も熱を解放した。

強烈な快感が下肢から全身に広がるのを感じて、創吾は深いため息を落とした。

めろめろにしてもろたんは、やっぱり僕の方や。


「これは世界史の宿題やって。それからこれは現国の宿題。これは柔道部の合宿の日程表」

言いながら、創吾《そうご》はバッグからプリントを出した。が、どれも創吾のものではない。夏海《なつみ》のプリントである。

「明日の練習はたぶん出れんて関本《せきもと》に言うてきたけど、学校は、どう？」

さっきから黙っている夏海を、創吾はちらりと見遣《みや》った。仏頂面《ぶっちょうづら》の彼がベッドに横たわっているのは、起き上がると下肢《かし》に負担がかかるからだ。座るとかなり痛いらしい。それに、まだ微熱《びねつ》もある。

「どうって何」

昨日よりはましになったけれど、無愛想に言った声は掠《かす》れていた。普段より色っぽいその声に心臓を直撃されつつ、創吾は答える。

「えーと、学校行けるかなあって。明日は終業式だけやけど、僕としては万全《ばんぜん》を期して休んでてもらいたい」

「……明日は行く。這《は》ってでも行く」

「えっ、それはあかんよ。無理したらあかん」

驚いて言うと、ぎろりと物凄《ものすご》い目つきでにらまれた。

「おまえが悪いんやぞ。痛いて言うてんのにやめんし、ゆっくりするて言うたくせに無茶するし」

「けどなっちゃんも最後はイッたから、ちょっとは気持ちよ」

「うるさい！」

怒鳴った夏海は、思い切り顔をしかめた。下肢に響いたようだ。

「大丈夫？」

「見てわかれ。全然大丈夫やないわ」

不機嫌に言われても、創吾は愛《いと》しげな笑《え》みを浮かべたままでいた。怒ったような態度は照れ隠しだとわかるから、怒鳴られても罵《ののし》られても、かわいくて仕方がない。

昨日、疲れきって眠ってしまった夏海の体を丁寧《ていねい》に清めた。そして汚れたものを洗濯機へ放り込み、事後の始末をした。その間、創吾の頬が緩《ゆる》みっぱなしだったことは言うまでもない。

ただ、夜になって動けなくなった夏海を背負《せお》って家まで送り届けるとき、クッキーに見つかったのは誤算《ごさん》だった。こちらを注視する黒い瞳が、なっちゃんに無理させたんやろ、と非難しているように見えて、何だか親に見つかるよりも決まりが悪かった。

「親父、自分が急に博子《ひろこ》さんと葵《あおい》ちゃんを家に連れてきたせいで俺が体調崩した思《おも》たみたいで」

タオルケットにくるまった夏海は、サイドテーブルに置かれたタオルとスポーツドリンクを見てため息を落とした。夏海の父親が出勤前に用意していったものらしい。

「お父さんが悪かった、自分のことしか考えてへんかった、とか言うてオロオロして、何回も謝りよるんや。今日はもう仕事休むて言い出して弱った。二人のことは関係ない、ただの風邪《かぜ》や言うても聞きよらへん」

声は掠れているし、微熱もある。確かに風邪で通る症状だ。実際、学校にも風邪だと届けてある。

本当は今日、創吾も学校を休むつもりだった。夏海の世話をするつもりでいたのだが、当の夏海がそれを拒《こば》んだ。どうせ昼までやし、おまえは行け。行かんかったら二度とやらしたらん、としかめっ面《つら》で言われて、渋々登校したのだ。

「なあなっちゃん」

「夏海！」

キ、とにらまれて、創吾はやに下がった。
何なんやろう、このかわいさは……。

「夏海」

「何？」

「ひとつ、聞きたいことがあるんやけど」

「うん」

「僕が一緒の高校に来て、重かった？」

ここ数日間、夏海が怒っていた理由は聞いた。どれもとても嬉《うれ》しい理由だった。

けれど、関本に指摘されたその点についてはまだ聞いていない。

じっと見つめると、驚いたように目を丸くしていた夏海は、ふいに小さく笑った。

「どないしてん、急に。誰かに何か言われたんか？」

俺もいろいろパニクってたけど、おまえがそんなこと言うなんて、だいぶいろいろ考えとったんやなあ、とつぶやいて、夏海はまっすぐに見上げてきた。

「まあな。最初は鬱陶《うっとう》しかった。俺はずっとおまえにガキ扱《あつか》いされてる思てたし、周りにもいろいろ言われたしな。けど、もう今は重いなんて思てへん。……コイビト、やし」

「なっちゃん……」

コイビト、という言葉に感極《かんきわ》まって呼んだ途端、夏海は細い眉を寄せた。慌てて、夏海と呼び直す。すると、小作りな顔一面に満足そうな笑みが広がった。

ああ、かわいい……。

我知らず見惚《みと》れていると、夏海は真剣な表情になった。タオルケットからそろりと手を出し、膝《ひざ》の上に置いていた創吾の指を軽く引っ張る。

「ただな、おまえは頭がええから、これから先、いろんなことができると思うねん。その可能性を捨ててほしいない。おまえが活躍してくれたら、俺も嬉しいし」

「嬉しい？ なっ……、夏海が？」

「うん、嬉しい。あ、けどせやからって、俺のこと忘れてしもたらあかんぞ。おまえは俺のもんなんやから」

きゅっと手を握《にぎ》られて、創吾はたまらずに身を乗り出した。ベッドに手をつき、形のいい唇にキスをする。怒られるかと思ったが、夏海はおとなしく口づけを受けてくれた。

「夏海が嬉しいんやったら、僕は何でもする。何でもできる。そういう僕が、夏海を忘れるわけないやろ。夏海のこと忘れてしもたら、僕には何も残らん。空っぽになってしまう」

わずかに離した唇で囁くと、夏海はさも嬉しそうに笑った。

あまりのかわいさに目を奪われながらも、もう一度唇を重ねる。そのまま恍惚《こうこつ》として啄《ついば》むような口づけを続けていると、コラ、と叱《しか》られた。

「この手は何や」

夏海が着ているパジャマのボタンにかかっていた手の甲をつままれる。

「夏海があんまりかわいいから、自然現象」

真面目に答えたつもりだったが、バシ、と頭を叩かれた。至近距離にある顔は真っ赤だ。

「アホ、調子に乗るな。それより俺は腹が減った。おじや食べたいから作ってくれ」

珍しく食べたいものをリクエストされて、創吾は瞬《また》く間に舞い上がった。

「わかった。すぐ作ってくるから！」

ぷいと壁の方を向いた夏海が、ぶっきらぼうに付け足す。

「卵入れてな」

「……うん！」

くせのない髪の間から覗《のぞ》く耳が真っ赤に染まっていることに気付いて、創吾は笑み崩れた。

そして恋人のリクエストに応《こた》えるために、いそいそとキッチンへ向かった。

いつも、恋におちている

「小田《おだ》っちー」

寮の共有スペースであるレクリエーションルームに入るなり声をかけられ、小田切夏海《おだぎりなつみ》は振り向いた。こっちこっち、と手招きしているのはルームメイトの池尻《いけじり》だ。

中央にある大きなテーブルの片隅に、池尻を含めた五人の男が一塊《ひとかたまり》になっている。彼らが囲《かこ》んでいるのはデスクトップのパソコンだ。レクリエーションルームに備《そな》えつけてある五台のパソコンは、寮生の共有物である。インターネット代金は寮費に含まれているので、つなぎ放題だ。とはいっても点呼《てんこ》の時間になると部屋の鍵が閉められ、パソコンそのものを使うことができなくなるのだが。

「おー、何や」

スリッパをペタペタと鳴らしながら、夏海は五人に歩み寄った。

就寝《しゅうしん》までの自由時間とあって、広い部屋にはくつろいだ雰囲気が漂《ただよ》っている。パソコンを囲んでいる五人も、各々《おのおの》リラックスした体勢をとっていた。

「もうすぐ夏休みやろ。皆で遊びに出よう言うてんねん。小田っちも行かへんか？」

朴訥《ぼくとつ》とした印象の四角い顔にニッコリ笑みを浮かべた池尻に、コラコラ、と他の四人が一斉《いっせい》にツッこんだ。

「小田切はあかんて池やん。カノジョと予定がビッシリに決まっとる」

「小田っちが俺らの相手するわけないじゃろ」

「ええなあ、カノジョ持ちは～」

それぞれ微妙に異なる西の訛《なま》りで口々にひやかされて、夏海は苦笑した。

今年の四月に入学したばかりの自動車整備士を育てる専門学校は関西にある。そのせいか西日本出身者が圧倒的に多く、自然と様々な西の言葉が飛びかう。

「ああー、俺もカノジョほしい～」

「普段から一日一回はメールしとるもんなあ。ウラヤマシー」

ドンドンとテーブルを叩く者あり、己《おのれ》の体を恋人の体に見立てて抱きしめる者ありと、実に賑《にぎ》やかだ。ルームメイトの池尻をはじめ、部屋が近いことで仲良くなったこの五人、屈託《くったく》がなく明るい者ばかりである。

羨《うらや》ましがられている当の夏海はというと、ただ微笑《ほほえ》んだ。

恋人がいるのは事実なので否定はしない。

ただし、夏海は一日一回でも、恋人である深津《ふかつ》創吾《そうご》は最低三回はメールを送ってくるのだが。

そして創吾はカノジョではなく、カレ、なのだが。

「夏休みいうても実家に帰る予定もあるし、向こうも必修の講義で合宿があるから、ずっと一緒っちゅうわけやないねん。せやから皆と日が合《お》うたら俺も遊びに行きたい」

五人に近い椅子に腰をおろしつつ言う。

盆《ぼん》を含めた五日間は、寮から電車で二時間ほどの距離にある実家ですごすことになっている。

父と、父と再婚した博子《ひろこ》、そして博子の娘である葵《あおい》の四人で、母の墓参りに行く予定なのだ。今や名実《めいじつ》共に妹となった葵と遊んでやる約束もしているし、老《お》いてますます穏やかになったクッキーの顔も見たい。

創吾はというと、夏海と全く同じ期間、実家に帰る予定である。まだ葵に対抗意識があるようで、あのコの好きにはさせん、などと鼻息を荒くしていた。

当初、創吾はその五日間を除いて、ずっと夏海と一緒にいるつもりだったらしい。必修の講義の合宿も行かないつもりでいたようだ。せっかくの夏休みやのに夏海と離れるんは嫌やから合宿なんか行かん、と言い張る創吾を叱りつけたのはつい最近のことである。一日二回、朝と夜に必ずメールを送ると約束してやると、渋々参加することにしたらしかった。

「小田っちのカノジョて大学生なんか?」

必修の講義という言葉に反応した一人が身を乗り出してくる。

うんと頷くと、おおーっと一斉に野太《のぶと》い声があがった。

「ええなあ、女子大生！　じょっしだいせい！」

「なあなあ小田切、カノジョビジン?」

「ムネ大きい?」

「あ、おまえツレのカノジョに対して何ちゅうことを聞くんじゃ」

キラキラと光る十個の目に見つめられて、夏海はハハハとごまかし笑いをした。

カノジョやのうてカレなんですとは絶対言えん……。

恋人が男だから言えないとかではなく、彼らが想像しているバラ色のカノジョ像を壊してはいけない気がする。

夏海は先週の日曜日に会った創吾の顔を脳裏《のうり》に描いた。

眼鏡の奥の切れ長の双眸《そうぼう》から、ぼろぼろと涙がこぼれ落ちている。隆《たか》く通った鼻の頭は真っ赤だ。

思いっきり泣いとる……。

創吾は難関と言われる国立大学の工学部に現役《げんえき》で合格した。高校を卒業して進路が分かれたけれど、彼は夏海がいる寮から徒歩十分ほどの場所にあるマンションで一人暮らしをしているので、遠距離でも何でもない。

それなのに、別れ際になると決まってしくしくと泣き崩れる。最低でも三十分は泣きやまない。いの一番に泣き顔が浮かんでしまったのはそのせいだ。

もっとも、どんなに泣いていても端整《たんせい》な顔つきは変わらないのだけれど。

「せやなあ、胸は大きいないけど美人やし、カワイイで。料理もめっちゃ上手《うま》いしな」

ポリポリと顎《あご》をかきながら、それでも正直に答えると、おおーっとまた声があがった。

「それに柔道強いし黒帯《くろおび》やし」

おおー？　と今度は頓狂《とんきょう》な声があがる。

夏海に会えない寂しさを、創吾は近所の道場で晴らしているらしい。一年の間に二段をとれそうな勢いだ。ちなみに夏海は高校在学中に、かろうじて初段はとった。

どうせやるんやったら大学の部に入ったらええのに。

そう言ってやると、創吾は首を横に振った。運動部特有の特殊な上下関係に縛《しば》られるのが嫌なのだという。

僕を縛ってええんは夏海だけやから。

聞きようによっては爆弾発言ともとれる言葉を大真面目な顔で言われて、さすがの夏海もリアクションに困ってしまった。

「そうか、小田っちのカノジョはスポーツウーマンか！」

「すぽーつうーまんて池やん……」

「死語や死語」

友人たちにつられて笑いながら、脳裏を占拠《せんきょ》したままの創吾の泣き顔に、笑え、と心の内で囁《ささや》く。

泣いた顔も好きやけど、俺は、おまえが俺だけにくれる全開の笑顔が一番好きやから。

別々の進路を選ぶことに関しては、創吾も仕方がないとあきらめたようだった。

今度はちゃんと自分の能力に合《お》うたとこに行け。その方が俺は嬉しい。

進路調査が行われたときに言った夏海の言葉を、彼なりに真剣に受け止めたらしい。

しかし、住むところまで離れてしまうのはどうしても嫌だったようだ。迷うことなく、夏海が第一志望としてあげた専門学校に近い場所にある大学を受験することに決めた。夏海と二人でマンションを借りて、一緒に暮らそうと考えたらしい。

うちにはオヤがおるし、夏海んちには四月からヒロコさんとアオイちゃんがおることになるやろ。夏海と暮らせたら僕が毎日ご飯作ったげられるし、エッチもいっぱいできる。学校が別なんはめちゃめちゃ寂しいし辛いけど、一緒に暮らせるんはええな。

創吾はニコニコと顔中を笑みにして言った。

父がかねてから交際していた博子と再婚したのは、今年の三月のことだ。今は博子と小学校三年になった葵と三人で暮らしている。

夏海と入れ違いに小田切家に入ることになった博子は、まるで自分が追い出すようだと気にしたらしい。私も葵も待ってるからいつでも帰ってきてね、と遠慮がちに言った彼女に、夏海は笑って頷いた。博子さんこそ親父のことよろしいお願いしますと頭を下げると、博子だけでなく父にも泣かれてしまって困った。

一方、夏海が進学と同時に家を出ると聞いた葵は大いに拗《す》ねた。やっと夏海お兄ちゃんと一緒に暮らせる思《おも》たのに。そう言って頬をふくらませた彼女を宥《なだ》めすかすのは、なかなか大変な作業だった。

葵にライバル心を持っている創吾はというと、この話を聞いて勝《か》ち誇《ほこ》ったような顔をした。あきれる夏海をよそに、これから先ずっと夏海と暮らすんは僕や、とすこぶる上機嫌だった。

しかし、それも夏海が寮に入ると聞くまでだった。

ごく少数の女子生徒を除いて一年生は全員、寮生活が義務付けられていることを知ると、ガーン！　という大きな音が聞こえてきそうなぐらいの勢いで蒼白《そうはく》になった。

なっちゃん、それほんま？　絶対寮に入らなあかんの？　寮以外から通《かよ》たらあかんの？

創吾は感情的になると『なっちゃん』と呼ぶ。高校の三年間、友達としてではなく恋人として付き合って、創吾が自分以外のことで感情的になることはないとわかっていたので、夏海は敢《あ》えて咎《とが》めなかった。最初は弟 扱《あつか》いされているようで『なっちゃん』と呼ばれることが嫌だったけれど、その頃には、まあどっちでもええかと思うようになっていたのだ。

寮に入る言うたかて一年の間だけや。二年になったら一緒に暮らせる。

慰《なぐさ》めるつもりで言ったのに、創吾には一年も離れて暮らさなければならないという事実の方が重くのしかかったらしい。しばらく茫然《ぼうぜん》としていたかと思うと、今度はしくしくと泣き出した。去年の十一月に合格通知をもらってから高校を卒業するまで、そうして泣き続ける創吾の背を何度撫《な》でてやったか知れない。

ちゅうか背中撫でたった回数より、エッチした回数のが多かった気もするけどな……。

いつまでも泣いてんなと叱《しか》ったり慰めたりしているうちに、いつのまにかキスをされて服を脱がされ、気持ちよくなってしまっていることが度々《たびたび》あった。創吾に数えきれないほど愛されてきた体は自分でも信じられないほど敏感で、すぐに蕩《とろ》かされてしまう。初めのうち拙《つたな》かった創吾のセックスは回を重ねるごとに巧《たく》みになり、その頃にはもう痛みを感じることもほとんどなく、夏海は嵐のような快感に翻弄《ほんろう》されるばかりになっていたのだ。

体を重ねている間は寂しさが紛《まぎ》れるらしく、創吾は常より情熱的に求めてきた。けれど最後は決まって、しくしくと泣き出してしまう。夏海はそんな創吾の背を撫でてやりながら眠った。

そのときはまだ、創吾は大学に合格していなかった。しかし十中八九、合格するだろうとは思っていた。校外模試でA判定以外出たことがなかったし、担任の教師も合格間違いなしと太《たい》鼓判《こばん》を押していたからだ。

だから離れて暮らすといっても、本当に一年だけになるはずだった。その一年の間も、休みの日には必ず会いに行くし、一日一回はメールを送ると約束していたのだ。

たった一年でも、創吾は俺と離れるんが嫌なんや。

そんな風にあきれる一方で、正直、嬉しかった。

創吾がこんなになるんは俺のことだけやと、改めて実感したのである。

クール、冷徹《れいてつ》、怜悧《れいり》。

高校時代の友人で、今は地元の企業で働いている関本《せきもと》は創吾をそう評《ひょう》した。そんなん違うと眉を寄せた夏海に、ただし、と彼はにやりと笑ってつけ加えた。

小田切夏海限定で超乙女、底抜けのアホ、猪突盲進《ちょとつもうしん》。

この言葉には、夏海も賛同せざるをえなかった。

創吾を宥めすかして数ヵ月が経《た》ち、彼も無事大学に合格した三月のことだ。深津家に招かれて合格祝いをした。合格を祝ってもらう立場の創吾本人が全ての料理を作るという、誰が主役なのかわからない宴《うたげ》の席で、夏海は創吾の両親に深々と頭を下げられた。

夏海君にはほんまに迷惑かけるけど、これからもどうぞ末永《すえなご》う、創吾をよろしい頼みます。

寮を出て駅の方へ歩きつつ、夏海は創吾の両親の神妙《しんみょう》な面持《おもも》ちを思い浮かべた。夏休み初日の今日は湿度が低い。日差しのきつさと乾いた風の対比が心地好《ここちよ》くて、目を細める。

創吾の母親が細かなことは気にしない、豪快《ごうかい》な人物だということは知っていた。父親は、いつ顔を合わせてもニコニコしていて穏やかな人だ。

けどまさか、あんなにあっさり認めてくれるとは思わんかった……。

反射的に、はい、と応じたものの、夏海はかなり驚いた。

後で創吾に聞いた話によれば、創吾の両親はかなり前から息子が夏海を好きなことを知っていたらしい。しかし二人とも嫌悪することも反対することもなく、ただただ夏海君に申し訳ないとそれだけを思っていたというのだ。

ほら、何ちゅうても僕のオヤやから。変わってんねん。

あっけらかんと言った創吾に、夏海はぽかんとしてしまった。しかしすぐに納得した。

なるほど。創吾のお父さんとお母さんやもんな。

「なっ、ちゃあああん！」

ふいに喉も枯れよとばかりの大きな声が聞こえてきて、反射的に前方を向く。

青く晴れ渡った夏空の下、創吾がこちらに向かって全力で駆けてくるのが見えた。猪突猛進という関本の言葉通り、ドドドドド、と音が聞こえてきそうな勢いだ。

寮を出たらすぐマンションへ行くからと言っておいたのに、待てなかったらしい。

「創吾」

必死の形相《ぎょうそう》がおかしくて笑いながら手を振ると、創吾も全開の笑顔になった。

ああ、やっぱり泣いてる顔よりその顔がええ。

そんなことを思っていると、創吾は正面からまともにぶつかってきた。

「わぶっ」

後ろにひっくり返りそうになった夏海の体を、幾分《いくぶん》か日に焼けた筋肉質な腕がしっかり支える。間を置かず、力いっぱい抱きしめられた。

「なっちゃん、なっちゃん、なっちゃん」

連呼《れんこ》する創吾の頭を、どうにか抜き出した右手で軽く叩く。

「コラ創吾、離せ。痛いっちゅうの」

首を横に振ったきり離れようとしない創吾に、夏海は笑った。通学や通勤の時間帯がすぎて間もない午前九時という時刻のせいか、周囲に人影はない。夏海自身、創吾に抱きしめられることは少しも嫌ではないので、好きにさせておくことにする。

高校一年のときより数センチ伸びた創吾の身長は、百八十二センチ。夏海も数センチ伸びたけれど、百六十八センチで止まってしまった。創吾の腕の中にすっぽり収まってしまうという点は、初めて好きと告げられて抱きしめられた高校一年の頃と変わらない。

一頻《ひとしき》り夏海のくせのない髪に頬擦《ほおず》りをして、やっと気が済んだらしい。ほう、と安堵《あんど》したようなため息を落とした創吾は、ようやく腕を解《と》いた。

眼鏡の奥の切れ長の双眸が愛《いと》しげに見下ろしてくる。

「めちゃめちゃ、会いたかった」

「先週の日曜も会《お》うたやろ」

「そんな昔のこと言われても」

思い切り眉を寄せた創吾に、夏海はじんと胸が熱くなるのを感じた。

「昔て、四日前やないか」

「四日なんか長すぎる。ほんまは毎日会いたいのに」

真顔で言った創吾の肩を、夏海は柔らかく叩いた。

「休み抜かしたらあと七ヵ月の辛抱《しんぼう》や。今日まで偉かったなあ、創吾。いっぺんも寮に来《こ》んかったもんな」

う、と創吾は言葉につまる。そして夏海より十センチ以上背が高いにもかかわらず、上目遣《うわめづか》いになった。

「せやかてそれは、規則なんやろ」

緊急事態でない限り寮を訪《たず》ねてはならないと、入寮する前に約束したのだ。

一年生に入寮が義務付けられているのは、集団生活を送ることによって、社会人として必要な協調性や最低限の常識を学んでもらいたいという学校側の意図がある。大学ではなく専門学校で三年学ぶ夏海たちは、一人の大人としても即戦力となることを期待されているのだ。

そんなわけで、外部の人間がみだりに寮へ入ることはできない。もちろん宿泊も許されない。寮生である夏海たちにしても、昼間の行動は完全に自由だし、休日の外泊許可は簡単に下りるが、平日の外泊となると、よほどの理由がない限り許可されないのだ。門限も厳しい。門限破りや無断外泊が続けば即退寮、自動的に退学処分となる。

「夏海が一生懸命勉強して入った学校やのに、僕のせいで退学になるんは嫌やし……」

だから本当はとてもとても、とても会いに行きたかったけれど、がんばって我慢したのだという言外の含みをくみとって、夏海は何ともいえない愛しさが胸に湧《わ》くのを感じた。

いじらしいっちゅうか、健気《けなげ》っちゅうか。

以前の創吾なら、規則など無視して会いに来ていただろう。週末が近付くと、好きだの会いたいだのといった内容のメールを何回も送ってくるけれど、会いには来ないのだから成長している証拠だ。

「おまえがそういう風に考えてくれるんは嬉しい」

ニッコリ笑って言うと、創吾も笑み崩れた。鋭い面立《おもだ》ちが台無しになるほど、さも幸せそうなうっとりした表情を浮かべる。

「夏海、荷物持つよ」

「ん？　別にええ。たいして重いもんは」

入ってへんから。

スポーツバッグを見下ろして続けようとした言葉を、夏海は飲み込んだ。顔中を笑みにして両手を差し出している創吾に気付いたからだ。

ほんまに、重いことはないねんけど。

「そしたら頼む」

ん、と肩にかけていたバッグを渡す。すると創吾は嬉々《きき》として受け取った。

彼がバッグを肩にかけるのを待って、二人並んで歩き出す。

「夏海の好きなスイカ買《こ》うといたから、帰ったら一緒に食べよ」

「おう、ありがとう」

「お昼はオムライスで、夜はチーズハンバーグやで。明日は酢豚《すぶた》作ろう思うねん。デザートはマンゴープリン作るからな。あ、食べたいもんあったら言うて？　夏海が食べたいもんやったら何でも作るし。そおや、久しぶりにアップルパイ焼こか」

うきうきとした口調で夏海の好物ばかり挙《あ》げる創吾に、夏海は思わず笑った。

こういうとこは全然変わってへん。

変わったところも、変わっていないところも、同じだけ愛《いと》しい。

夏海自身、創吾と離れることに対して全く不安がなかったと言えば嘘になる。九十九パーセントないとは思うけれど、ひょっとしたら創吾の心が自分から離れてしまうかもしれない。そう考えたことも確かにあった。

けれど、そんな心配は全くの杞憂《きゆう》だった。離れて暮らしても、創吾の世界は寸分《すんぶん》の狂いもなく夏海中心に動いていたのだ。

また、夏海は夏海で創吾への気持ちは薄れるどころか、強くなった気がする。

何やかんや言うて、俺も創吾にベタボレやもんな。

今にも踊りだしそうな足取りで隣を歩く恋人をちらりと見上げ、夏海はわずかに赤面《せきめん》した。

「夏海、ほんまに大丈夫やった？　ほんまに誰にも何もされてへん？」

キッチンからもう何度目かわからない質問が飛んできて、ダイニングのテーブルに腰かけた夏海はため息をついた。

「ほんまに何もされてへんちゅうの。毎回毎回しつこいぞ、創吾」

「せやかて夏海、めちゃめちゃかわいいから心配で」

ザク、と音をたててスイカを切った創吾は、肩越しにこちらを見つめた。黒のポロシャツとジーンズ、腰にこげ茶色のショートエプロンを巻いただけの地味な格好《かっこう》だが、洗練されたデザインのキッチンにいることも手伝って、スラリと伸びた長身は実に絵になる。

創吾が借りているのは1DKのマンションだ。三年前に建てられたというマンションは学生用というより単身者用で、間取りもキッチンもゆったりとした造りになっている。夏海と二人で心地好くすごせるか否かだけを考えて選ばれたこの物件、夏海の寮までは徒歩十分だが、創吾が通う大学までは電車で三十分かかる。

もっと大学に近いとこ選んだらよかったのに。おまえが不便やろ。

四ヵ月前、引っ越し作業を手伝いつつ言うと、創吾はぶんぶんと勢いよく首を横に振った。

全っ然不便やない。僕が夏海の近くで暮らしたいねん。ただでさえ学校違うのに、これ以上離れたら寂しいて死ぬ。

真顔で言われて、夏海はあきれつつも笑ってしまった。もちろん、嬉しかったからだ。そのとき一緒にいた創吾の母親には、不肖《ふしょう》の息子でほんまにごめんな、と頭を下げられたけれど、そんな『不肖の息子』が好きなのだから一向《いっこう》にかまわない。

「ルームメイトに何かされたりしてへん？」

尚《なお》も尋《たず》ねてくる創吾に、夏海は苦笑した。会えた嬉しさや興奮がある程度治まると、入れ違いに不安がふくらんでくるらしい。いつもこうして質問攻めにされる。

「何もされてへんて。何べんも言うけど、男に興味ある男てそないゴロゴロおらんちゅうの」

びし、と言ってやると、スイカを切り進めていた創吾は、でも、と口ごもった。

「男とか女とか関係なしで、夏海はほんまにかわいいから」

深刻な表情から彼が本気で心配しているのが伝わってきて、夏海は小さく笑った。

ほんまに、しゃあないやっちゃな。

二人部屋で風呂は共同と聞いたときの創吾の狼狽《ろうばい》ぶりは、今思い出してもおかしい。僕以外の誰かがなっちゃんと同じ部屋で寝るなんて！　しかもなっちゃんのハダカをどこのウマのホネかもわからん連中に見られるなんて！　と蒼白になった。

世の中の男の大半は異性愛者で、同じ男である夏海には欠片《かけら》も興味はない。仮に同性愛者がいたとしても、彼が夏海に興味を持つとは限らないし、何より夏海自身が創吾以外に興味がない。だから心配することはない。

寮にも風呂にも入るなと本気で言い出しそうな創吾に、そう言い聞かせるのがまた大変だったのだ。理屈と感情は別ものである。創吾も理屈ではわかっているようだったが、感情で納得するのにかなり時間がかかったようだ。

スイカを載せた皿《の》を手に近寄ってきた創吾を、夏海は横目で見上げた。

「おまえこそ、浮気とかしてへんやろな。大学にカワイイ女の子とかおるやろ」

実際には浮気の心配はしていないけれど、わざとそんな風に尋ねる。

案《あん》の定《じょう》、創吾はちぎれそうな勢いで首を横に振った。

「僕がそんなんするわけないやろ。夏海以上にかわいいもんなんか、この世には一つもないんや。僕には夏海だけや。夏海が一番かわいい」

これ以上ないぐらい真面目な顔で言われて、夏海は赤面した。

何度言われても、創吾のこうした物言いは嬉しい。そして照れくさい。

「それやったらええ。俺にヤキモチ焼かすなよ」

ぶっきらぼうに言うと、創吾はたちまち笑み崩れた。ヤキモチという言葉が嬉しかったらしく、うん！　と大きく頷く。

「はい、夏海、どうぞ」

皿を差し出されて、ありがとうと受け取る。すかさず横におしぼりを添えるところが、いかにも創吾らしい。

スイカは食べやすいように、ほどよい厚さに切られていた。水分をたっぷり含んだ赤い果肉がとても美味《おい》しそうだ。

「旨《うま》そうやなあ」

「まだあるから、ほしかったら言うて？」

いそいそと正面に腰かけた創吾に頷いてみせ、いただきますと手を合わせる。

シャク、と一口かじると、たちまち瑞々《みずみず》しい甘さと青さが口いっぱいに広がった。水分を欲していた体に冷たい果汁が心地好くしみる。

「旨い」

思わず言うと、創吾はまた端整な顔を惜《お》し気《げ》もなく崩した。

「よかった」

シャクシャクと順調に食べ進めていると、目を細めてこちらを見ていた創吾がふいに小さく笑った。何かおかしかったかと、ん？　と首を傾《かし》げる。

すると創吾はわずかに目許《めもと》を染めた。

「や、あの、初めて夏海とキスしたときのこと思い出して」

「初めて？」

ぷ、と種を皿に出して問うと、創吾はうんと頷く。

「夏海から、キスしてくれたやんか」

「……ああ」

果汁で濡れた手をおしぼりで拭《ぬぐ》いつつ、夏海は懐《なつ》かしさに目を細めた。

そういえば三年前、初めてキスをしたときも創吾が切ってくれたスイカを食べていた。

創吾には言っていないけれど、夏海はかなり緊張していたのだ。僕を全部あげる、という言葉はどういう意味だったのか。キスをしてもいいのか。抱いてもいいのか。確かめたくて、けれどどう切り出していいかわからなくて、視線すらまともに合わせられなかった。

なっちゃんと、エッチしたい。

創吾にそう言われたときには、歓喜《かんき》と興奮で全身が焼けるように熱くなった。

あのときの俺は、創吾を抱くつもりやったんや。

結局、創吾に主導権を握られて抱かれる側になってしまったけれど、初めて互いの素肌に触れたのは間違いなくあのときだ。

創吾の手、冷たかった。

胸に触れてきた掌《てのひら》のひんやりとした感触に、ぞくぞくと背筋が震えた。俺のためにスイカ切ってくれたからや、と頭の片隅で思ったことをはっきり覚えている。

……今もたぶん、冷たいんやろな。

「創吾」

首を傾げた恋人に、夏海はわざと尋ねた。

「何？」

「俺と、エッチしたいか？」

大きく目を見開いた創吾は、ゆっくり瞬《まばた》きをした。ほんのりと赤かった目許が、はっきりそれとわかるほど赤くなる。かと思うと創吾は真面目な顔で頷いた。

「したい。夏海と、エッチしたい」

三年前と同じ返事が返ってきて、夏海は心と体が一気に熱を帯《お》びたのを感じた。この感じも、三年前と同じだ。

嬉しくて触れたくて、欲しくてたまらない。

ためらうことなく立ち上がり、テーブルの向こうにいる創吾に歩み寄る。

「俺も」

短く言って、椅子ごとこちらを向いた創吾の膝《ひざ》の上に乗り上げる。

確実に上《のぼ》り坂《ざか》にさしかかっている自分の体を意識しつつ、夏海は創吾を見下ろした。

今俺、絶対やらしい顔してる。

「俺も、おまえとエッチしたい」

三年前には伝えられなかった欲求を口に出し、夏海は創吾の首筋に腕をまわした。うっとり見上げてくる創吾に笑ってみせ、形のいい唇に、ちゅ、と子供がするような軽いキスをする。

「今日は、跡つけてええから」

離した唇で囁くと、情欲が見え隠れしている切れ長の双眸がさも嬉しそうに輝いた。いつもは絶対跡をつけるなと厳しく言ってあるのだ。共同風呂で情事の痕跡《こんせき》が残る体をさらすわけにはいかない。

「ほんまに、跡つけてもええんやな?」

嬉々として尋ねてきた創吾の長い腕は、既に夏海の腰にまわっている。

「うん。明日も明後日《あさって》もその次も、夏休みの間はおまえとしか風呂入らんし。あ、けど腕とか首とか、外から見えるとこはあかんぞ」

その瞳と同じ闇色の髪に指を入れてかき上げ、今度は額《ひたい》に口づける。

されるままになっていた創吾は、整った眉を不満そうに寄せた。

「……首もあかんの?」

「あかん。首と腕以外やったらええけど」

きっぱり言ってやると、創吾は、うーん、とうなった。しかしすぐに何かを思いついたらしく、ニッコリ笑う。

「わかった。首と腕以外にする」

囁いた唇が、唇にしっとり重ねられた。今度のキスは間違いなく大人のキスだ。

瞼《まぶた》を伏せて唇を開くと、濡《ぬ》れた感触がスルリと忍び込んでくる。同時に腰をつかんでいた手が離れ、Tシャツをたくし上げてきた。

肌に触れた創吾の手は、やはり冷たかった。


「創吾っ……」

ん、と答えた創吾の声はくぐもって聞こえた。

しかもその声は、いつも創吾の熱を受け入れる下肢《かし》から発せられている。

生まれたままの姿でダイニングの床に四《よ》つん這《ば》いになった夏海は、たまらずに背をそらした。

はっきりと聞こえなかったことで、後ろを潤《うるお》している濡れた感触が創吾の舌であることを意識してしまう。

「も、そんなとこ、ええから」

「……ん？　かわいいで、めちゃめちゃ」

ようやく唇を離した創吾は、今の今まで舌を入れていた場所にきつく口づけた。

あ、と感じたままの声をあげ、夏海はまた獣《けもの》のように背をそらした。口づけられた場所が物欲しげにひくつく。創吾の手で一度絶頂《ぜっちょう》に導《みちび》かれた前も敏感に反応した。先端からあふれた欲の証《あかし》が、フローリングの床に滴《したた》り落《お》ちる。

「気持ちええ？」

尋ねた創吾の唇が際《きわ》どい場所をたどり、割り広げられた丘に吸いついた。

新たな朱《しゅ》がそこに刻《きざ》まれたことがわかって、夏海は無意識のうちに腰を揺らす。

「や、あ」

何度回数を重ねても、羞恥《しゅうち》が完全になくなることはない。ついさっきまで指で思う様かき乱されていた後ろを、今は舌で愛撫《あいぶ》されていることも恥ずかしいし、創吾にそこを正視されていることも恥ずかしい。この方がよう見えるからと、彼は眼鏡をかけたままなのだ。

けれど、信じられないぐらいに気持ちがよかった。恥ずかしいと思う気持ちが、逆に体を高ぶらせる。

創吾は夏海が言った通り、首と腕には口づけてこなかった。しかし胸から下は既にキスマークだらけだ。特に足の付け根から前にかけての際どい場所や、創吾を受け入れる後ろの周囲を集中的に責められた。そのせいで上気《じょうき》した全身の中でも、下肢だけが特別濃い桃色に染《そ》まりつつある。冷房がきいているはずなのに、熱くて熱くて仕方がない。

「ほんまに、かわいい」

うっとりした声音が聞こえたかと思うと、荒い息に上下する肩をやんわりとつかまれた。そのままそっと仰向《あおむ》けにされる。むき出しの背に冷たい床が触れて、びく、と全身が震えた。忙《せわ》しなく喘《あえ》ぎながら薄く目を開ける。

創吾が覗き込んでくる気配がした。そこに顔があることはわかるけれど、涙でぼやけて表情がはっきり見えない。

俺ばっかり気持ちようなってしもて、創吾、どんな顔してる？

表情が見たくて瞬きをすると、涙が一筋、こめかみをつたった。

こく、と創吾が息を飲む音がする。刹那《せつな》、唇を塞《ふさ》がれた。

「ん……」

間髪《かんはつ》を入れずに入ってきた濡れた感触が、口腔内《こうこうない》を這いまわる。淫《みだ》らな水音を伴《ともな》った深い口づけに、たちまち息があがった。床に投げ出していた腕が自然と創吾の首筋にまわる。

キスをしているだけなのに、張りつめた前が震えた。創吾の熱を待ち望んでいる後ろも、切ない収縮《しゅうしゅく》をくり返す。

キスだけでは足りない。創吾とつながりたい。

「んう、ん」

もどかしさと息苦しさに、むずかるような甘い声が漏れた。

ちゅ、と音をたてて唇を離した創吾が、唇が触れるか触れないかの距離で囁く。

「……な。ベッド行こ」

情欲をたっぷり含んだ低い声が体の芯《しん》に響いて、夏海は小さく体をよじった。

「ここで、ええ」

「ここやと、夏海の背中が痛い」

「別に、平気やから……」

一刻も早く創吾とつながりたくて、首を横に振る。

しかし創吾も首を横に振った。

「あかんて。今日は何回もするから」

「なんかいも……？」

快感で麻痺《まひ》しかけた思考力ではすぐに言葉の意味を理解できず、夏海は鸚鵡返《おうむがえ》しした。

至近距離にある創吾の顔に、たまらない、という感じの男っぽい笑みが浮かぶ。

あ。その顔好き。

全開の笑顔と同じく、それは夏海にしか向けられない笑みなのだ。創吾の全開の笑顔は夏海をこれ以上ないぐらい幸せな気分にしてくれるが、情事のときにしか見られないこの笑みは、夏海を限りなく淫らな気持ちにする。創吾にならば何をされてもいいと思ってしまう。

いや、創吾が望むようにしたい。されたい。

「夏海、背中痛《いた》なるん嫌やろ？」

甘やかすように問われて、夏海は軽く首を傾《かし》げた。

「ん――……」

うん、と、ううん。どちらともとれる曖昧《あいまい》な返事をする。

それは確かに痛くない方がいいけれど。

「連れてったげるから。な？」

優しく囁いた創吾は、夏海の脇に腕を入れた。両膝の裏にもう片方の腕を入れ、軽々と抱き上げる。再び柔道を始めたせいか、創吾の体はまた一段とひきしまったようだ。

創吾への気持ちを自覚する前は、自分よりたくましい体に嫉妬《しっと》しか感じなかった。

けれど今は違う。筋肉質な裸身に漂うストイックな色気は、夏海を快楽へ導く媚薬《びやく》になる。

創吾が好き。めちゃめちゃ好き。

創吾とするんも、めちゃめちゃ好き。

ただでさえ創吾にならどんなことをされてもいいという淫らな気分なのだ。何の抵抗もなく、そんな風に思ってしまう。

壊れものを扱うようにそっとベッドに下ろされた夏海は、創吾に腕を伸ばした。

「早《は》よ、したい」

欲求を正直に口に出すと、自然とねだるような物言いになった。

創吾はまた、たまらない、という顔をする。見下ろしてくる漆黒《しっこく》の瞳には、はっきりと情欲が滲《にじ》んでいた。

「うん。僕も、したい」

掠《かす》れた声で言った創吾は、自分もベッドに乗り上げてきた。しどけなく投げ出されていた夏海の両足を、強い力で肩口に抱え上げる。

指と舌で充分蕩《とろ》かされた後ろに、猛《たけ》ったものがひたとあてがわれた。

「っ……」

入れられていないのに、全身が震える。じんと体の奥が熱くなる。

創吾の、めっちゃ大きいなってる……。

「入れるで？」

言われて、夏海は声もなく頷いた。

次の瞬間、灼熱《しゃくねつ》の塊が押し入ってきて、きつく目を閉じる。

内壁《ないへき》をこすり、開きながら奥へ突き進むそれの感触に耐えかねて、夏海は夢中で創吾にしがみついた。唇から色めいた声が漏れ出る。声を止めようとはしない。止めようとしても止められないし、何より、感じたままの声を創吾に聞かせたい。

長く尾を引く甘い声は、創吾が全てを収めた時点で一旦《いったん》途切れた。

「ん、んっ……」

夏海は汗に濡れた創吾の広い背をまさぐった。体内で力強く脈打つ創吾につられるように、腿や腹が震える。いっぱいに拡《ひろ》げられたその部分が焼けるようだ。

夏海が感じていたのは間違いなく快感だった。その証拠に、前からは新たな滴《しずく》が滴っている。

創吾を受け入れたそこもからみつくように蠢《うごめ》いていた。創吾に散々《さんざん》吸われ、甘噛《あまが》みされて色づいた胸の尖《とが》りも、痛いぐらいに疼《うず》いている。

カラダが、溶けそう。

あまりの気持ちよさにうっとり喘いでいると、夏海、と優しく呼ばれた。

そっと目を開ける。

汗に濡れ、上気した端整な顔が見えた。その顔にさっきまでかけられていた眼鏡はない。

「大丈夫……？」

「めがね……」

「うん？　ああ、さすがに、邪魔になってきたから……」

荒い息を吐きつつも照れたように笑う創吾に、夏海も笑った。その拍子に奥を抉《えぐ》られて、あ、と声があがる。我知らずきつくしめつけると、創吾も喉を鳴らした。

「な、動いても、ええ？」

眉をひそめながら聞かれて、頷く。動いてほしいのはこちらの方だ。

「ええぞ、動いて……」

「夏海……！」

力強く動き出した熱の塊に、たちまち唇から艶《つや》やかな嬌声《きょうせい》があがる。

ぎりぎりまで引き抜かれては、角度を変え、速さを変えて貫《つらぬ》かれる行為に、夏海は耽溺《たんでき》した。

背が弓なりにそり返り、顎が上がる。足先が活《い》きのいい魚のように跳ねる。創吾に占拠されたその場所が熱くてたまらない。意志とは別のところで蠢き、収縮するそこは、律動する創吾を飲み込もうとしているかのようだ。

もっと、もっと、もっと。

体も心もそればかりになる。

「そう、ご……、創吾……」

熱にうかされて呼んだそのとき、放置されていた前に創吾の指がからみついた。たちまち、ガクンと全身が波打つ。

「あぁ……!」

「夏海、まだ」

既に限界近くまで高ぶっていたそれが弾《はじ》けそうになるのを、創吾が止めた。ただし腰の動きはそのままで、感じる場所を集中的に突いてくる。

「あっ、やぁ、嫌っ」

苦しさを遥かに上まわる強い快感に襲われて、夏海は頭を振った。泣き声とも嬌声ともつかない色めいた声が、唇からひっきりなしに漏れ出る。あまりに気持ちがよくて、自分の体がどうなっているのかもわからない。

「も、創吾っ……」

「いきたい……？」

ひどく淫靡な声音にこくこくと何度も頷くと、ふいに創吾の手が動いた。濡れて震えているそれを、長い指がきつく愛撫する。

「あ……！」

突然与えられた刺激に耐え切れず、それは絶頂を迎えた。解放された熱が夏海の腹や胸だけでなく、創吾の体をも濡らす。汗と混じって滴るその感触がまた、敏感になっている肌を煽《あお》る。

下肢に生じた強烈な快感に、夏海は身悶《みもだ》えた。理性をなくした腰が艶《なま》めかしくくねる。その淫らな動きに合わせ、創吾も激しく動く。

「なっちゃん、なっちゃん……！」

「あっ、あ」

絶頂の余韻《よいん》と、かき乱される愉悦《ゆえつ》に、断続的に漏れる声をそのままにしていると、中で創吾が弾けた。体の奥をたっぷりの熱で潤される感覚に、全身が過剰《かじょう》に震える。

「んっ……」

夏海はぐったり力を抜いた。甘い充足感と深い安心感が、爪の先にまで浸透《しんとう》しているのがわかる。

めちゃめちゃ、気持ちええ……。

我知らず満足の吐息を落としていると、創吾も深いため息を落とした。そのままゆっくりと夏海の上に倒れ込んでくる。

体液で濡れた熱い肌が隙間なく密着して、夏海はまた小さく声をあげた。

「なっちゃん、かわいすぎ……」

恍惚《こうこつ》とつぶやいた創吾の頭を、力の入らない手で叩く。

「アホ……。おまえが、急に、力入れるから……、先に、いってもたやないか……」

文句を言っているのに甘えているようにしか聞こえないのは、声に残る艶《つや》のせいだ。

「ん、ごめん……。次は、一緒にいこ」

今度は嬉しそうに言って、創吾は体を起こした。今し方果てたばかりのそれが、早くも力を取り戻している。その変化がダイレクトに伝わってきて、夏海は身じろぎした。

「もう……？」

「うん。……夏海も」

囁いた創吾は、夏海の細身の劣情《れつじょう》にそっと触れた。

「んあっ……」

我知らず甘い声が漏れた。創吾の言葉の通り、それは再び兆《きざ》してきている。創吾の全てを飲み込んだままのそこも、更なる刺激を求めるように蠕動《ぜんどう》していた。

いつもは翌日に備え、ある程度情欲をセーブして体を重ねる。四日前の日曜日もそうだった。けれど今は長い休みの始まりだという意識があるせいか、抑《おさ》えがきかない。

「このまま、もう一回、したい。してもええ?」

ねだるように問われて、夏海はゆっくり瞼を押し上げた。見下ろしてきた創吾と目が合う。夏海以外は誰も、何も目に入らないといった風に一心《いっしん》に見つめてくる漆黒の双眸には、激しい情欲と蕩けるような愛しさが映《うつ》っていた。

体だけでなく、胸までじんと熱くなる。

好き、とまた思う。

めちゃめちゃ好き。

「ええけど、今度は、一緒な……?」

囁いて、夏海は創吾のひきしまった腰をきゅっと膝ではさんだ。

途端に中に入ったままの創吾の熱が一気に力を増す。

「夏海……、なっちゃん」

耐えかねたように呼んだ創吾は、再び動き出した。同時に高ぶりつつある夏海の劣情を、長い指が丁寧に愛撫し始める。

ひどく官能的なそれらの動きに、夏海は身も心も委《ゆだ》ねた。

「お待たせ、夏海」

さも嬉しそうに言われて、ベッドに寝そべっていた夏海は振り向いた。

創吾が脇にあるローテーブルに置いたのはオムライスだった。鮮《あざ》やかな黄色い卵の丘に、紅《あか》いケチャップがたっぷりかかっている。見た目だけでも美味しそうな上に、食欲をそそるいいにおいが漂ってきて、くるる、と腹が鳴った。

「旨そうやなあ」

「あ、待って。体しんどいやろ」

自然と笑顔になりつつ体を起こそうとすると、創吾がすかさず腕を差し出した。本当は一人でも起き上がれたけれど、情事の後ということもあり、寝起きの悪い尊大《そんだい》な王のように抱き起こしてもらう。

そのまま創吾に体を預けた夏海は、くん、と鼻を鳴らした。

「ええにおい」

「鶏肉《とりにく》とタマネギのオムライスや。夏海好みに、タマネギは透明になるまで炒《いた》めたから」

体に負担がかからないようにクッションを敷き、腰を下ろすのを手伝ってくれる創吾に、夏海は思わずニッコリ笑った。数時間前まで際限《さいげん》なく夏海を欲しがっていた情熱的な恋人は、今や夏海専属の料理人へと変貌《へんぼう》している。

俺は、どっちの創吾も好きや。

創吾が貸してくれたTシャツは、彼には小さめだというのに、夏海には大きかった。そのぶかぶかのTシャツとボクサーパンツだけという格好がまた、創吾のツボに入ったらしい。シャワーを浴びた後、苦労して穿《は》いた下着を脱がされそうになって、さすがの夏海も不埒《ふらち》な手を容赦《ようしゃ》なく叩き落とした。

さっきいっぱいしたやろ。続きは明日。

にらみつけてやったにもかかわらず、創吾はだらしなく目尻を下げた。ぎゅう、と正面から抱きしめてきたものの、下着にかかっていた手は離れた。

ん。そしたら明日。

脱衣所でそんなやりとりをかわした後、二人でベッドに戻った。しばらく眠って目を覚ますと、ひどく空腹だった。昼食を食べていないことに気付いた夏海は、飽きもせず自分をしっかり抱きしめて眠っている創吾の頰をぺたぺたと触った。なっちゃん？　と幾分か寝ぼけた声で呼んだ創吾に、腹減った、オムライス食べたい、とストレートに告げると、彼はバチ、と目を開けた。かと思うとバネ仕掛けの人形のように勢いよく起き上がった。

すぐ用意するし、ちょっとだけ待っててな。

そう囁いた唇で夏海の唇にキスを落とし、弾むような足取りでキッチンへ向かったのだ。創吾にとって夏海のために料理を作ることは、夏海を抱くことと同じぐらい嬉しいらしい。

「学食にもオムライスあるけど、具がミックスベジタブルとハムやねん。それに味つけが濃いし。俺はやっぱりおまえのオムライスが一番好きや」

夏海は目の前にあるできたてのオムライスを幸せな気分で見つめた。世辞《せじ》でも何でもない。本当のことだ。夏海にとっては、創吾のオムライスが一番美味しい。

至近距離にある創吾の顔がパッと輝く。

「夏海にそう言うてもらえるんが一番嬉しい。僕以外の誰かが作ったもんを夏海が食べるんはおもんないけど、他の人のと食べ比べて僕のがええて言うてもらえるんはええなあ」

夏海から離れ、正面に腰を下ろした創吾はニコニコと顔中を笑みにした。

何を今更、と夏海は首をすくめる。

「そんなん言うんやったら全部そうや。どんな料理でも、おまえが作ってくれるんが一番旨い」

「なっちゃん……」

感極《かんきわ》まったように昔の呼び名で呼ばれて、夏海は小さく吹き出した。創吾の感動度は相当高かったようだ。偏差値《へんさち》がべらぼうに高く、夏海にはちんぷんかんぷんの難しい問題をいとも簡単に解いてしまう恋人だが、当の本人は実にわかりやすい。

そういうとこがまたカワイイんやけど。

夏海も嬉しくなって、笑顔で手を合わせる。

「いただきます」

早速《さっそく》スプーンでオムライスをすくい、パクリと頬張《ほおば》る。たちまち舌によく馴染《なじ》んだ、そして一番好きなオムライスの味が口の中に広がった。よく炒められたタマネギのほどよい甘みは、創吾のオムライスならではだ。

「めっちゃ旨い」

正直な感想を口にすると、創吾は再び顔を輝かせた。はああ、と満足そうなため息をつき、夢見る乙女のように胸の前で両手を組む。

「早よ四月にならんかなあ。そしたら僕が毎日、夏海に美味しいゴハン作ったげるのに」

「それは嬉しいけど、理系て二年になったら実験とかで忙しいなるんとちゃうんか？　俺のゴハン作ってて単位落とすとかナシやぞ。そんなんやったら作ってもろても嬉しいない」

パクパクと食べ進めながら言うと、自作のオムライスを口に入れた創吾はニッコリ笑った。

「夏海に心配かけるようなことはせんよ。大丈夫」

「ほんまか？」

「うん、絶対。大学の講義てもっと難しいか思《おも》たけど全然やし。空き時間に三年の講義とか覗《のぞ》いてみたけど、それも全然やったし」

自慢でも見栄《みえ》でもなく、ごく当たり前の口調で言う創吾に、夏海は眉を寄せた。

俺は創吾を知ってるから何とも思わんけど、こういう言い方ムカつく奴もおるよな、きっと。

「創吾、おまえ大学で友達できた？」

「ん？　さあ、どうやろ。知り合い程度の奴はおるかな」

創吾はきょとんとして答える。夏海の心配をわかっていないのは明白だ。

「知り合いて、関本とか殿村《とのむら》とか、ああいう感じの奴？」

「まあ、そうかな。語学で一緒の女の子に合コンに誘われてんけど、それ断ってから急に男に話しかけられることが多《おお》なった」

なるほど、と夏海は思う。

顔よし、スタイルよし、頭よし。もてる要素がそろった創吾は、普通なら同性から嫌われるタイプだ。しかし少し付き合えば、彼が女性に全く興味を示さないことがわかる。そうなれば同性の敵視は一気に和《やわ》らぐ。夏海がいない大学で、創吾がただの変人と思われているのか、恋人一筋と思われているのか、あるいはゲイと思われているのかはわからないけれど、それなりにうまくやっているようだ。

「けどやっぱり、夏海の側《そば》におれんのは寂しいし、めちゃめちゃ辛い」

ぽつりと言われて、夏海はスプーンを止めた。

思わず顔を上げると、創吾のスプーンも止まってしまっていた。切れ長の双眸は、珍しく夏海ではなくオムライスに向けられている。

「別れ際な、泣かんとこうて思うねん。夏海を困らせたないから我慢せなあかんて思うんやけど、自然に泣けてまうんや。また一週間も夏海と離れなあかんて思たら、夏海が僕の知らん人らと仲良うしてて、僕の知らん奴と一緒の部屋で暮らしてるんやて思たら、どうしても」

「創吾」

突き上げてきた愛しさのままに、夏海は優しく呼んだ。

ハッとしたように創吾が顔を上げる。

今日会ったばかりなのに、早くも別れ際を想像して悲しくなってしまったらしい。端整な顔つきはくもっていた。切れ長の双眸には、うっすら涙がたまっている。

自然と笑みが浮かぶのを感じつつ、夏海は創吾の方へわずかに身を乗り出した。

「おまえに泣かれるんは確かに困るけど、別に嫌やないから」

「……え？」

瞬《まばた》きをした創吾に、夏海はゆっくり尋ねた。

「俺と離れるんが寂しいから泣くんやろ？」

「うん……。明日は夏海の顔を直接見れんのやて思たら、勝手に泣けてきて……」

創吾は口ごもった。

女にも男にも興味がない。友達ができなくても意に介さない。自分自身のことにすら、ほとんど関心がない。

そんな創吾が、夏海と離れるというだけで我慢できずに泣いてしまうのだ。

嫌なわけがない。どんなに宥めるのに時間がかかろうが、世話が焼けようが、かまうものか。

「俺は、おまえが俺と離れるんが寂しいて泣くんは嫌やないねん。せやから泣いてもええんや」

言い聞かせる口調で言うと、創吾は瞬きをくり返した。

端整な顔に、ぽかんとした幾分か間抜けな表情が浮かぶ。

「……ほんまに、泣いてもええの？」

「うん」

「僕のこと、嫌になったりせん？」

「せん。嫌やないて言うたやろ。せやから我慢せんでええ」

大きく頷いてみせる。

すると創吾は、今まで見たことがないような幸せそうな笑みを浮かべた。あまりに幸せそうで、とろとろに蕩けて黄金色《こがねいろ》のハチミツになってしまいそうだ。

「なっちゃん、好き。大好き。めちゃめちゃ好き」

まるきり子供のような無邪気な告白に、夏海はうんと頷いて笑った。そして自分の紛れもない本心であると同時に、創吾が一番喜ぶ言葉を、ためらうことなく口にする。

「俺も、創吾が好きや。めちゃめちゃ好き」

「なっちゃん……」

頬を上気させた創吾はスプーンを両手で握りしめ、感極まったように呼んだ。

その様子に、夏海は自分の頬が蕩けるのを感じた。

あ、やばい。俺もハチミツになりそう。

そんなことを思って赤くなった顔をごまかすために、再びオムライスを口に運ぶ。

創吾はというと、陶然とため息を落とした。

「なっちゃんは、ほんまに優しいなあ。そういうとこも大好きやけど、僕以外にはあんまり優しいせんといてほしい」

「？　ボク以外て？」

最近、創吾の前で誰かに優しくした覚えがなくて首を傾げると、創吾は幸せそうな表情のまわずかに眉を寄せた。

「一昨日《おととい》、トモダチの荷物持ったげたやろ」

不満げな物言いに、夏海はピタリとスプーンを止めた。

確かに一昨日、授業が終わった後、池尻に付き合って買い物へ行った。池尻が妹二人に頼まれたという女の子に人気のブランドのＴシャツや靴下、ぬいぐるみ等を買いに出かけたのである。急に買《こ》うてきててメール入ってんけど一人では行きにくうて。付き合わせてごめんな。申し訳なさそうに頭を下げる池尻に、俺も妹に何か買うからええよと応じて一緒に出かけた。

門限に間に合うか間に合わないかの際どい時刻になってしまったので、駅から二人で走って帰った。そのとき、池尻がいくつか提《さ》げていた袋をひとつ持ってやったのだが。

「何でおまえがそんなこと知っててんねん」

にらみつけてやると、創吾はあからさまにうろたえた。

「やっ、あのっ、たまたまコンビニ行った帰りに見かけてん。一昨日はほんまに偶然や」

「一昨日は、てことは、それ以外は偶然やないときもあんのか？」

間を置かずにたたみかけると、彼は更にうろたえる。

「でも寮の中に入ったことはないで。外からなっちゃんの部屋の窓見てるだけや。ほんまや」

身を乗り出して力説《りきせつ》する創吾に、夏海は大きなため息をついた。夏海が考えていたほどには、創吾は成長していなかったようだ。

……まあ、しゃあないな。

俺はこういうとこも含めて創吾が好きなんやから。

「創吾」

「なっ、何？」

緊張の面持ちでこちらを見つめた彼に、に、と笑ってみせる。

「窓見るだけやったら許すけど、不審者に間違われんなよ」

「なっちゃん！」

スプーンを放り出した創吾が、横から勢いよく抱きついてくる。

重い、と文句を言いつつも、夏海は笑った。

もちろん、満足げに。そして晴れやかに。

あとがき

久我有加

お楽しみいただけましたでしょうか。

お楽しみいただけたなら、幸いです。

一見すると「受」が「攻」にベタベタに甘やかされているようだけれど、本当に甘やかされているのは「攻」なカップルが書きたい！　という欲望のもとに生まれたのが本書のカップル、小田切《おだぎり》夏海《なつみ》と深津《ふかつ》創吾《そうご》です。

とにもかくにも、書いていて楽しい二人でした。特に創吾視点の『今日、恋におちたので』は、とても楽しかったです。

読んでくださった方に、少しでも気に入っていただけることを祈っています。

ところで。本書と同月に発売される雑誌、『小説ディアプラス』でスタートする応募者全員サービスのフリーペーパーに、ショートストーリーを書かせていただくことになりました。本書とは関連のない全《まった》く別の話ですが、興味を持たれた方がおられましたら、申し込んでやってくださいませ（私ひとりだけのペーパーなのです。応募してくださる方が少ないと悲しいので宣伝……）。詳しい応募方法は、二〇〇六年九月二十日発売の『小説ディアプラス　アキ号』

に載っています。しめきりがありますので、ご希望の方は早めに詳細を確認してくださるよう、お願いいたします。

最後になりましたが、お世話になった皆様方に感謝申し上げます。

編集部の皆様。ご面倒《めんどう》ばかりおかけして申し訳ありません。これからもがんばりますので、よろしくお願いいたします。

一之瀬《いちのせ》綾子《あやこ》先生。お忙しい中、挿絵《さしえ》を引き受けてくださり、ありがとうございました。かわいい夏海とかっこいい創吾にめろめろです。雑誌のコメント欄《らん》に描いてくださった二人も凄《すご》くかわいくて、頬が緩《ゆる》みっぱなしになりました。

支えてくれた家族。いつもありがとう。申し訳ないです。

そして、この本を手にとってくださった皆様。心より感謝申し上げます。これからも精進《しょうじん》いたしますので、どうぞよろしくお願いいたします。もしよろしければ、一言だけでもご感想をいただけると嬉《うれ》しいです。

それでは皆様、お元気で。

二〇〇六年八月　　久我有加

明日、恋におちるはず《あした、こいにおちるはず》

この本を読んでのご意見、ご感想などをお寄せください。
久我有加先生・一之瀬綾子先生へのはげましのおたよりもお待ちしております。
〒113-0024　東京都文京区西片2-19-18　新書館
[編集部へのご意見・ご感想] ディアプラス編集部「明日、恋におちるはず」係
[先生方へのおたより] ディアプラス編集部気付　○○先生

初　出
明日、恋におちるはず：小説DEAR+05年ナツ号（Vol.18）
今日、恋におちたので：小説DEAR+05年アキ号（Vol.19）
いつも、恋におちている：書き下ろし

新書館ディアプラス文庫

著者：**久我有加** [くが・ありか]
初版発行：**2006年9月25日**

発行所：**株式会社新書館**
[編集] 〒113-0024　東京都文京区西片2-19-18　電話(03)3811-2631
[営業] 〒174-0043　東京都板橋区坂下1-22-14　電話(03)5970-3840
[URL] http://www.shinshokan.co.jp/
印刷・製本：**図書印刷株式会社**

定価はカバーに表示してあります。乱丁・落丁本はお取替えいたします。
ISBN4-403-52140-1